クセジュ】

フランス自然主義文学

アラン・パジェス 著
足立和彦 訳

白水社

目次

序

こんにち、〈自然主義《ナチユラリスム》〉とは何を表わすだろうか？

それはまず、ある〈文献書誌〉であり、すなわち、われわれの文化的記憶の内に存在する一連の文書、および作家たちのことである。その記憶の中では、今も読まれている作家（ゾラ、モーパッサン、ユイスマンス、ゴンクール兄弟）が、忘却に沈んだ他の作家たちの大集団の姿を隠してしまっている（アレクシス、セアール、エニック、ボンヌタン、デカーヴ……）。

次に、一つの〈年譜〉である。一連の日付、出来事や逸話が一時代を構成し、それによって個人や作品が結びつけられる。つまり、伝記的・社会学的な関係網が存在し、たとえば、こんにち保存されている文学的書簡がその具体的な表われである。

最後に、それはある〈言説〉のことである。言い換えれば、一世紀にわたって批評がもたらした評価・分析の結果であり、そこには当時の証言も混ざっている。

以上が、〈文学空間〉の構成要素についての簡略な定義である。本書はその〈空間〉の内部を探索することを目的とするが、その際、フランスにおける十九世紀の終りの三分の一に期間を限定し、ヨーロッパ諸国において自然主義がまとった諸形態は脇に置いておくこととする。

第一章　指標となる年代

Ⅰ　運動の出現（一八六五～一八七六年）

自然主義文学の歴史の中では、長編小説がその前景を占めている。『ジェルミニー・ラセルトゥー』（一八六五年）の戦いから『居酒屋』（一八七六～七七年）の戦いまで、長編小説の出版が、みずからの道を模索中である一運動の最初の時期を画定する。新作に付される序文、それが巻き起こす論争、舞台への翻案の試みが多くの出来事を構成し、そこから少しずつ概念が形成され、批評言語の中に「自然主義」という語の場所が確保される。とりわけ重要なこととして、ある小集団を形成する作家たちが、共有する概念を擁護するようになる。それが、ギュスターヴ・フロベールの文学的模範に導かれた、ジュールとエドモンのゴンクール兄弟、エミール・ゾラ、アルフォンス・ドーデらである(1)。

（1）本書に登場する主要な作家に関しては、巻末の主要作家略伝を参照のこと〔訳注〕。

小説作品

――ギュスターヴ・フロベール『感情教育』（一八六九年）。――ゴンクール兄弟『尼僧フィロメーヌ』（一八六一年）、『ルネ・モープラン』（一八六四年）、『ジェルミニー・ラセルトゥー』（一八六五年）、『マネット・サロモン』（一八六七年）、『シャルル・ドマイ』（第二版、一八六八年）、『ジェルヴェゼ夫人』（一八六九年）。――エミール・ゾラ『テレーズ・ラカン』（一八六七年）、『マドレーヌ・フェラ』（一八六八年）、『ルーゴン家の運命』（一八七一年）、『獲物の分け前』（一八七二年）、『パリの胃袋』（一八七三年）、『プラッサンの征服』（一八七四年）、『ムーレ神父のあやまち』（一八七五年）、『ウージェーヌ・ルーゴン閣下』（一八七六年）。――アルフォンス・ドーデ『プチ・ショーズ』（一八六八年）、『風車小屋だより』（一八六九年）、『月曜物語』（一八七三年）、『若いフロモンと兄リスレル』（一八七四年）、『ジャック』（一八七六年）。

政治的事件

――一八七〇年（九月四日）第二帝政崩壊。――一八七一年（三月十八日）コミューン蜂起。――一八七三年（五月二十四日）マク＝マオン[1]大統領就任。――一八七六〜七七年選挙、議会において共和派が多数を占める。

（1）パトリス・ド・マク＝マオン、一八〇八〜九八年。軍人として功績を挙げ、パリ・コミューンに際してはヴェルサイユ政府の総司令官としてコミューンを鎮圧した。王党派に属し、大統領就任後「道徳秩序」の復興を主張、反動的な政治を行なった。一八七九年に辞職〔訳注〕。

年譜

一八六五年（一月十六日）。『ジェルミニー・ラセルトゥー』出版。序文においてゴンクール兄弟は自分たちの作品の革新性を主張する。「公衆は偽りの小説を愛している。この小説は真実の小説である。公衆は社交界へ行く振りをするような書物を愛している。この小説は街路からやって来たものである」フロベールは彼らに書き送る。「レアリスム(1)という重要な問題が、これほど堂々と提示されたことはかつてありませんでした」（一八六五年一月十六日付書簡）。ゾラはこの「度外れで熱狂的な」作品に対する賞讃の念を公言する（リヨン発行の『公安《サリュ・ピュブリック》』紙、二月二十四日。一八六六年『わが憎悪』に再録）。

（1）レアリスムの語は通常「写実主義」と訳されるが、この訳語には絵画のニュアンスが濃い。文学においては「理想主義」を批判し、「現実」を重視するという意味で「現実主義」の訳語が適当であると思われるが、本書では便宜上「レアリスム」の表記に統一した〔訳注〕。

一八六五年（十二月五日）。コメディ＝フランセーズにおいてゴンクール兄弟の『アンリエット・マレシャル』初演。レアリスム版「エルナニの戦い(1)」……。さまざまな抗議を受け、公演は六回で打ち切られた。

（1）一八三〇年二月二十五日、コメディ＝フランセーズにおけるヴィクトル・ユゴー『エルナニ』初演には、ロマン主義を主張する青年らが結集し、古典主義を尊重する保守派を圧倒した。演劇においてロマン主義が勝利した日として、文学史に記される事件〔訳注〕。

一八六六年から一八七〇年。バティニョール街にあるカフェ・ゲルボワが、芸術・文学の前衛派の一拠点となる。何人かの画家、美術批評家、作家が定期的に顔をあわせる。常連の中にはエドモン・デュランティ(1)、テオドール・デュレ(2)、エドゥアール・マネ(3)、アントワーヌ・ギュメ(4)、エミール・ゾラといった顔がある。

（1）一八三三〜八〇年。批評家、小説家。レアリスムを主張。第二章に詳述〔訳注〕。
（2）一八三八〜一九二七年。美術批評家。印象派を擁護した〔訳注〕。
（3）一八三二〜八三年。画家。ゾラと親しく、一八六七年のゾラの批評への返礼として、翌年に作家の肖像画がサロンに出品された〔訳注〕。
（4）一八四一〜一九一八年。印象派の風景画家。印象派展には参加しなかったが、ゾラは彼の絵画を評価していた〔訳注〕。

一八六六年（六月）。最初の文学・芸術評論集『わが憎悪』において、ゾラは一つの公式を表明し、それは後に有名なものとなる。「芸術作品とは、ある気質を通して眺められた被造物の一隅である」

一八六六年（十二月）。「小説の二つの定義」（エクス＝アン＝プロヴァンスにおけるフランス科学者会議での発表）の中でゾラは述べる。

小説そのものの枠組みが変わったのです。読者を驚かすほど劇的に不自然で込み入った物語を考え出す、そんなことはもはや問題ではありません。人間的事象を記録し、身体と魂のメカニズムを露わに提示することだけが重要なのです。

一八六八年（一月二十三日）。批評家ルイ・ユルバック[1]が『フィガロ』紙上でレアリスム作家による「腐敗した文学」を弾劾する。

（1）一八二二～八九年。批評家、小説家、劇作家。フェラギュスの筆名で『フィガロ』に連載された記事は、『フェラギュスの手紙』（一八六九年）に収録される。問題の記事はとくに『テレーズ・ラカン』を批判したもの〔訳注〕。

一八六八年（五月）。『テレーズ・ラカン』第二版出版。序文（四月十五日）において、ゾラは自身の作品と、自分の属する「自然主義作家の集団」を擁護する……。これより数週間前、テーヌ[1]は彼に書き送っていた。「あなたの作品は力強く、想像力に溢れ、論理的であり、大変に道徳的です。より広く対象を捉え、さらに地平を開くような作品を著すことが、あなたには残されているのです」サント＝ブーヴ[2]からさえも好意的な評価が届く。「あなたの作品は注目に値し、良心的なものであって、ある観点から見るならば、現代小説の歴史の中で一時代を画しうるものです」（六月十日付書簡）。

（1）イポリット・テーヌ、一八二八～九三年。哲学者、歴史家。実証哲学を文芸批評に応用し、『イギリス文学史』（一八六四～六九年）などを執筆。文芸の歴史的研究の基礎を築き、自然主義にも大きな影響を与えた〔訳注〕。
（2）シャルル＝オーギュスタン・サント＝ブーヴ、一八〇四～六九年。文芸批評家。長期にわたって連載された批評は『月曜閑談』（一八五一～六二年）、『新月曜閑談』（一八六三～七〇年）にまとめられ、大きな影響力を持っていた。批評を文学の一ジャンルとして確立させた〔訳注〕。

一八六九年（十一月）。フロベール『感情教育』出版。後に自然主義小説家がこぞってこれを傑作として敬意を捧げることになる。

一八七〇年（六月二十日）。ジュール・ド・ゴンクール死去。

一八七一年から一八七五年。ミュリロ通りのフロベールの住居において、毎日曜の会合。文学に関する議論が熱を帯びる。常連の中に、ゾラ、エドモン・ド・ゴンクール、ドーデ、トゥルゲーネフ、[1] モーパッサンが数えられる。

（1）イヴァン・トゥルゲーネフ、一八一八～八三年。ロシアの小説家。長くフランスに滞在し、フロベールをはじめとする作家たちと親しく交流した。ゾラやモーパッサンの作品のロシアへの紹介も行なった〔訳注〕。

一八七一年（十月）。『ルーゴン家の運命』序文（七月一日）の中で、ゾラは『ルーゴン＝マッカール叢書』の計画を説明する。

重力と同じように、遺伝には法則が存在する。私は、気質と環境という二重の問題を解きながら、ある人物から別の人物へと必然的に続いていく線を見出だし、これを辿っていこうと考えている。

一八七二年（十月）。ドーデ『アルルの女』がヴォードヴィル座で不成功に終わる。

一八七三年（七月十一日）。ゾラによって小説から翻案された四幕の芝居『テレーズ・ラカン』初演。戯曲の出版（八月）に際して、ゾラは「近々、自然主義の運動が劇場に導入され、現実の持つ力強さ、現代芸術の新しい生命をそこにもたらす」のを目にすることになるというみずからの確信を述べる。

一八七四年（四月十四日）。カフェ・リッシュにおいて「野次られ作家」の最初の夕食会。アイデアはフロベールによるもので、彼は自身の喜劇『候補者』（三月）の不成功の後、自身同様に演劇の試みで不運な目をみた友人たちと、定期的な会合の場で集まることを望んだのだった。参会者はエドモン・ド・ゴンクール、ゾラ、ドーデ、トゥルゲーネフ。

一八七四年（七月十四日）。エドモン・ド・ゴンクールは遺言の中で、一〇人の作家から成る「アカデミー」創設の計画を練る。最初に選ばれた会員の中に、フロベール、ゾラ、ドーデの名が見られる。一八九六年にエドモンが死去するまで、このリストは繰り返し更新されることになる。

II　自然主義の流派（一八七六〜一八八四年）

『居酒屋』（一八七六〜七七年）の出版から、ユイスマンス『さかしま』出版の一八八四年までの数年のあいだに、いくつもの大作の完成と、ゾラおよび彼の弟子たちによる重要な批評的分析、理論的マニフェストの制作が見られる。以後、自然主義の流派は重要な位置を占めることになる。一八八〇年『メダンの夕べ』の出版は、その威信を裏づける。フロベールが一八八〇年に死去。書店における商業的成功によって知識人としての地位も確かなものとしたゾラは、流派の頭首として幅を利かせる。一方でエドモン・ド・ゴンクールも、新しい文学の生みの親としての地位を要求する。

小説作品

――ギュスターヴ・フロベール『三つの物語』(一八七七年)、『ブヴァールとペキュシェ』(一八八一年)。――エドモン・ド・ゴンクール『娼婦エリザ』(一八七七年)、『ザンガノ兄弟』(一八七九年)、『フォスタン』(一八八二年)、『愛しい人』(一八八四年)。――エミール・ゾラ『居酒屋』(一八七七年)、『愛の一ページ』(一八七八年)、『ナナ』(一八八〇年)、『ごった煮』(一八八二年)、『ボヌール・デ・ダム百貨店』(一八八三年)、『生きる歓び』(一八八四年)。――アルフォンス・ドーデ『ナバブ』(一八七七年)、『亡命の諸王』(一八七九年)、『ニュマ・ルメスタン』(一八八一年)、『福音伝道師』(一八八三年)、『サフォー』(一八八四年)。――ジョリス=カルル・ユイスマンス『マルト』(一八七六年)、『ヴァタール姉妹』(一八七九年)、『家庭』(一八八一年)、『流れのままに』(一八八二年)。――ギ・ド・モーパッサン『メゾン・テリエ』(一八八一年)、『マドモワゼル・フィフィ』(一八八二年)、『山鴫物語』(一八八三年)、『月光』(一八八三年)、『女の一生』(一八八三年)、『ミス・ハリエット』(一八八四年)、『ロンドリ姉妹』(一八八四年)、『イヴェット』(一八八四年)。――アンリ・セアール『美しい一日』(一八八一年)。――ポール・アレクシス『リュシー・ペルグランの最期』(一八八〇年)、『同棲』(一八八三年)。――レオン・エニック『献身的な女』(一八七八年)、『エベール氏の災難』(一八八三年)。――ジュール・ヴァレス『子ども』(一八七九年)、『学士さま』(一八八一年)。――フェーヴル=デプレ（アンリ・フェーヴルとルイ・デプレ）『鐘楼のほとりで』（一八八四年）。――ポール・ボンヌタン『シャルロは楽しむ』（一八八三年）。――ロベール・カーズ『兵士たちの女』（一八八四年）、『生徒ジャンドルヴァン』（一八八四年）。

政治的事件

――一八七八年万国博覧会。――一八七九年（一月三十日）マク＝マオン辞任、ジュール・グレヴィ(1)大統領選出。――一八八一年（七月二十九日）出版法公布。(2)――一八八一～八二年ジュール・フェリー(3)による義務教育関連法。――一八八一年（十一月）～一八八二年（一月）ガンベッタ(4)内閣。――一八八三年インドシナ侵攻開始。

（1）一八〇七～九一年。穏健共和派の政治家。教育の世俗化を推進し、植民地進出に否定的だった。一八八七年スキャンダルに巻き込まれ辞職〔訳注〕。
（2）新聞・雑誌の発刊に際しての事前認可・保証金の支払いなどが廃止されることで、出版の自由が広く認められることになった〔訳注〕。
（3）一八三二～九三年。教育相として初等教育無償化、女子中等教育の開始、教育の世俗化などを整備した。首相、外務相を務めた時期には、植民地政策を推進したことで知られる〔訳注〕。
（4）レオン・ガンベッタ、一八三八～八二年。第三共和政成立の立役者であり、議会では長く左派の代表的人物であった。首相に就任して改革を志すが、内閣は短命に終わった〔訳注〕。

年譜

一八七六年（四月）。セアール、ユイスマンスがゾラを初訪問。ゾラはすでにアレクシス、モーパッサンを知っており、すぐ後にエニックにも出会うことになる。やがて、毎木曜日に彼らを自宅に招いて定期的に会合を開くことが習慣となる。将来のメダンのグループが形成され始める。

一八七七年（一月二十四日）。『居酒屋』出版。ゾラは序文に記す。

私の作品が私を弁護してくれるだろう。これは真実の作品であり、民衆についての最初の小説であって、嘘をついていないし、民衆の匂いのするものである。

一八七七年（三月二十五日〜四月一日）。ブリュッセルで刊行の『現況《アクチュアリテ》』紙にユイスマンスの評論「エミール・ゾラと『居酒屋』」が発表される。ユイスマンスはそこで次のように自然主義の運動を描いている。

社会には二つの顔がある。われわれはこの二つの顔を示してみせるだろう。（中略）われわれは、画家と同様に作家もまた自分の時代に属さねばならない、と信じる者である。われわれは現代性に飢えた芸術家なのだ。（中略）かつてのロマン主義者のように、自然以上に美しい操り人形を作り出したりしないように努めたいのだ。この操り人形ときたら、四頁おきにいきり立っては、幻想に視界が眩んで偉大になったつもりなのである。われわれが望むのは、骨肉を備えた人物をその足元において描き出すことであり、その人物は自分が学んだ言葉を話す。つまりは脈動し、現に生きた存在なのである。

一八七七年（四月十六日）。トラップ亭での夕食会。現代文学の大家として、フロベール、ゾラ、ゴンクールに対して、「若い」自然主義者たち、すなわちユイスマンス、セアール、エニック、アレクシス、モーパッサン、ミルボーらが敬意を表する。

一八七八年（五月二十八日）。ゾラが、ポワッシー近郊、メダンの田園に小さな家を購入。続く数年のあいだに改築、増築を行ない、周囲に広大な領地を築くと、春から秋までをそこで暮らすのが習慣となる。冬はパリで過ごすことになる。

一八七九年（一月十八日）。アンビギュ座で『居酒屋』初演。ゾラの小説の翻案はウィリアム・ビュスナック(1)とオクターヴ・ガスチノー(2)によって行なわれた。大成功を収める。パリにおいて二五〇回上演され、地方・外国への巡業が度々行なわれた。

（1）一八三二～一九〇七年。劇作家、小説家。共作も含めて多数の作品を発表。『ナナ』（一八八一年）、『ごった煮』（一八八三年）の舞台翻案も行なっている〔訳注〕。

（2）一八二四～七八年。劇作家。戯曲『居酒屋』完成前に死去〔訳注〕。

一八七九年（三月）。ユイスマンスの『ヴァタール姉妹』についてゾラは記す。

遂には次のようなものが提示されることだろう。大波乱や大団円のない単純な研究、ある人物の一年についての分析、ある情熱の歴史、一人物の伝記、生きた体験について書かれ、論理的に分類されたノート（『ヴォルテール』紙、一八七九年三月四日）。

一八七九年（四月三十日）。『ザンガノ兄弟』出版。エドモン・ド・ゴンクールは序文で宣言する。レアリスムは

下層のもの、不快なもの、悪臭を放つものを描くことを唯一の使命としているのではない。それは社交界にもやって来て、「芸術的」文体によって、上流のもの、愛らしいもの、よい香りのするものを書き留め、さらには洗練された者の肖像や、高価な事物の様相をも描き出すのである。

一八七九年（十月十六〜二十日）。ゾラは『ヴォルテール』紙に「実験小説論」を発表（他の記事とあわせて一八八〇年に刊行される）。クロード・ベルナール[1]の『実験医学研究序説』の提示する理論的モデルを拠り所とした。

小説家とは観察家と実験者から成り立っている。（中略）実験者が現われて、実験を設定する。つまり、ある特定の物語の中で人物を行動させることによって、出来事の連続性が、研究課題の諸現象の決定論が要求する通りのものであることを示すのである。

（1）一八一三～七八年。生理学者。一八五五年よりコレージュ・ド・フランス教授。『実験医学研究序説』は一八六五年刊行。実証研究に基づく実験医学の基礎を築いた〔訳注〕。

一八八〇年（四月十七日）。ゾラ、モーパッサン、ユイスマンス、セアール、エニック、アレクシスによる短編小説集『メダンの夕べ』刊行。全体のテーマは一八七〇年の普仏戦争である。巻頭にゾラの「水車小屋の襲撃」、そしてモーパッサン「脂肪の塊」が続き、これによって著者は有名になる。その後に、ユイスマンス「背嚢を背に」、セアール「瀉血」、エニック「大七号館事件」、アレクシス「戦いの後」が続く。序文（三月一日）は宣言する。

われわれはあらゆる攻撃、悪意、無知に備えている。目下の批評はすでに多くの証拠でもってそれらを示してきた。われわれの唯一の関心は、われわれの真の友情と同時に、われわれの文学的傾向を公に明言することにあったのだ。

一八八〇年（九月〜十二月）。週刊誌『人間喜劇』の計画が頓挫。ユイスマンスが編集長を務め、ゾラとゴンクールが援助する予定だった。

一八八一年（二月）。ゾラ『演劇における自然主義』（現代演劇に関する評論集）出版。

一八八一年（六月）。ゾラ『自然主義の小説家たち』（バルザック、スタンダール、フロベール、ゴンクール兄弟、アルフォンス・ドーデなどに関する評論集）出版。

一八八二年（九月）。アンリ・ベック『鴉の群』、コメディ＝フランセーズで不成功に終わる。

一八八二年（年末）。自然主義美学に敵対的なブリュヌチエール[1]による『自然主義小説』（フロベール、ゾラ、ドーデ、ゴンクール兄弟などに関する評論）初版刊行。一八九六年の決定版に至るまで、数度にわたって改訂が繰り返される。

(1) フェルディナン・ブリュヌチエール、一八四九〜一九〇六年。文芸批評家。一八七五年より、当時最も権威のあった雑誌『両世界評論』に批評を掲載。文学ジャンルは「進化」するものという思想を持っていた〔訳注〕。

一八八三年（三月）。『政治文学評論《ルヴュ・ポリティック・エ・リテレール》』誌に、モーパッサンによるゾラ論発表。「ゾラは文学における革命家である。すなわち、すでに存在するものに対して容赦しない敵対者なのだ」

一八八四年（二月）。ルイ・デプレ『自然主義の進化』（フロベール、ゴンクール兄弟、ドーデ、ゾラ、詩・演劇における自然主義に関する評論）出版。

一八八四年（四月）。『愛しい人』出版。序文の中でエドモン・ド・ゴンクールは改めて、現代の芸術運動における先駆者としてのみずからの役割を強調している。

III　分裂と異議申し立て（一八八四〜一八九三年）

『メダンの夕べ』の栄光の時期の後には、疑念とためらいの時が訪れる。確かに、自然主義は文学の世界をつねに占拠しており、それはとりわけゾラやドーデの商業的成功のおかげであるが、一方でさまざまな反対者を目にすることになる。小説においては、「心理派」（ポール・ブールジェ[1]、アナトール・フランス[2]、ピエール・ロチ[3]）との競争に直面する。そして象徴主義は次第に美学上のライヴァルとして存在感を増してゆき、知識階級の全体にその影響を及ぼしてゆく。

（1）一八五二〜一九三五年。批評家、小説家。評論集『現代心理論集』（一八八三年）の後、みずから小説を執筆。自然主義の生理学に抵抗し、伝統的な心理小説に傾倒した。一八九四年、アカデミー・フランセーズ入会〔訳注〕。
（2）一八四四〜一九二四年。小説家、批評家。高踏派詩人として出発した後、多数の小説を発表。教養を備え古典主義的な均整を貴ぶ姿勢は、自然主義と距離を置くものだった。一八九六年、アカデミー・フランセーズ入会〔訳注〕。
（3）本名ジュリアン・ヴィヨー、一八五〇〜一九二三年。小説家。海軍士官としての経験をもとに、絵画的描写と異国情緒溢れる恋愛小説を執筆。一八九一年、史上最年少でアカデミー・フランセーズ会員に選出〔訳注〕。

自然主義の運動は、内部分裂の試練をも被ることになる。「弟子たち」の側に危機が訪れる。メダンの一団は解体し、新世代の作家の内のある者は、以前は尊敬していた『ルーゴン＝マッカール叢書』の著者の人物像を、乱暴に拒絶するに至る（「五人の宣言」のエピソード）。

「自然主義は死んだのか？」ジャーナリストのジュール・ユレ[1]が問いかける。早すぎる埋葬は無用であるに違いない。アントワーヌによる「自由劇場」の精力的活動は、その影響が続いていることを示している。だが、モーパッサンが精神を病んで死去し、ゾラが『ルーゴン＝マッカール叢書』連作の完成を祝った一八九三年において、文学界にデビューしてくる新人にとって、自然主義がありうべき唯一の模範ということはすでにないのである。

（1）一八六三～一九一五年。ジャーナリスト。インタヴューやアンケートを得意とした。一八九一年、『パリの噂』紙に「文学の進化についてのアンケート」を掲載。多数の文学者が質問に答えている〔訳注〕。

小説作品

――エミール・ゾラ『ジェルミナール』（一八八五年）、『制作』（一八八六年）、『大地』（一八八七年）、『夢』（一八八八年）、『獣人』（一八九〇年）、『金』（一八九一年）、『壊滅』（一八九二年）、『パスカル博士』（一八九三年）。

――アルフォンス・ドーデ『不滅の人』（一八八八年）。――ジョリス＝カルル・ユイスマンス『さかしま』（一八八四年）、『仮泊』（一八八七年）、『彼方』（一八九一年）。――ギ・ド・モーパッサン『昼夜物語』（一八八五年）、『パラン氏』（一八八五年）、『ベラミ』（一八八五年）、『トワーヌ』（一八八六年）、『ロックの娘』（一八八六年）、『オルラ』（一八八七年）、『モントリオル』（一八八七年）、『ピエールとジャン』（一八八八年）、『ユッソン夫人ご推薦の受賞者』(一八八八年)。――レオン・エニック『プッフ』(一八八七年)、『ある性格』(一八八九年)。――ポール・アレクシス『ムリヨ夫人』(一八九〇年)。――ジュール・ヴァレス『蜂起者』(一八八六年)。――オクターヴ・ミルボー『受難』(一八八六年)、『ジュール神父』(一八八八年)、『セバスチャン・ロック』(一八九〇年)。――ポール・ボンヌタン『阿片』(一八八六年)、『通称ペルー』(一八八八年)。――リュシアン・デカーヴ『性悪女』(一八八六年)、『下士』(一八八九年)。――ポール・マルグリット『パスカル・ジェフォッス』(一八八七年)。――J・H・ロニー『ネル・ホーン』(一八八六年)、『両面』(一八八七年)、『白蟻』(一八九〇年)。――ギュスターヴ・ギッシュ『セレスト・プリュドマ』(一八八六年)、『予想外』(一八九〇年)。――ポール・アダン『柔らかな肉体』(一八八五年)、――ジュール・ルナール『ねなしかずら』(一八九二年)。

政治的事件

――一八八七～九四年サディ・カルノー[1]大統領。――一八八七～八九年ブーランジェ将軍[2]による危機。――一八八九年万国博覧会。――一八九二年アナーキストによるテロ行為[3]、パナマ事件[4]。

(1) マリー・フランソワ・サディ・カルノー、一八三七～九四年。熱力学者カルノーの甥。二度の大臣の後に大統領に就任。政治危機に見舞われる中、一八九四年六月、リヨンでの万博に出席した際にアナーキストに襲われ死去〔訳注〕。
(2) ジョルジュ・ブーランジェ、一八三七～九一年。一八八六年国防大臣に就任。軍隊改革や対独報復の主張で人気を集める。第三共和政を転覆させるクーデターの気運が高まるが、機会を逃しベルギーへ亡命、後に自殺した〔訳注〕。
(3) 一八九二～九四年にかけて、フランソワ・ラヴァショルやオーギュスト・ヴァイヤンといったアナーキストによってテロ事件が各地で引き起こされた〔訳注〕。

（4）フェルディナン・ド・レセップス（一八〇五〜九四年）のパナマ運河掘削会社が起こした疑獄事件。多数の政治家の関与が疑われ、政界を大きく揺るがした〔訳注〕。

年譜

一八八五年（二月一日）。オートゥイユの「屋根裏」完成。エドモン・ド・ゴンクールが開催する、毎日曜日の文学的会合の初日。ドーデ、ゾラ、ユイスマンス、エニック、セアール、アレクシス、モーパッサン、ポール・ボンヌタン、J・H・ロニー、ポール・マルグリットが常連に顔を並べる。

一八八五年（三月十四日）。『政治文学評論』誌にジュール・ルメートル[1]が『ジェルミナール』論を掲載。『ルーゴン＝マッカール叢書』を「人間内の動物性についての悲観主義的叙事詩」と呼ぶ。

（1）一八五三〜一九一四年。批評家。文芸批評は全七巻の論集『現代の人々』（一八八六〜九九年）に収録される。一八八九年以降、戯曲の執筆も手掛けた。一八九五年、アカデミー・フランセーズ入会〔訳注〕。

一八八五年（十月）。ゾラとウィリアム・ビュスナックによる翻案劇『ジェルミナール』が検閲によって上演禁止。

一八八六年（九月十八日）。『フィガロ』紙にモレアス[1]による象徴主義「文学宣言」掲載。

（1）ジャン・モレアス、一八五六〜一九一〇年。詩人。「デカダン派」を名乗った後、「象徴主義」を主張。一八九三年には、古代への回帰を唱える「ロマーヌ派」を結成した〔訳注〕。

一八八七年（三月三日）。ゴンクール『日記』の第一巻刊行。エドモン・ド・ゴンクール存命中（一八九六年まで）に九巻が出版される。

一八八七年（三月三十日）。アンドレ・アントワーヌによる「自由劇場」の最初の上演。アントワーヌは一八九四年まで劇場の指揮を執る。作者にはゾラ、ゴンクール、アンリ・ベック、アレクシス、セアール、エニックなどが数えられる。

一八八七年（四月〜五月）。ヴォードヴィル座でゾラの『ルネ』（『獲物の分け前』翻案）不成功。

一八八七年（八月十八日）。『大地』に反対する五人の宣言」が『フィガロ』紙に掲載。ポール・ボンヌタン、J・H・ロニー、リュシアン・デカーヴ、ポール・マルグリット、ギュスターヴ・ギッシュが、文学的「良心」の名のもとに、この「スカトロジックな書物」、「真実の文学を謳うこの詐欺行為」に対して抗議の声をあげる。「この大家は汚辱の底にまで沈んだ」と彼らは宣告する。

一八八七年（九月）。『両世界評論』において、「五人の宣言」に講評を加えながら、ブリュヌチエールは「自然主義の破産」を提起する（記事は『自然主義小説』に再録）。

一八八八年（一月）。モーパッサンは「小説論」（『ピエールとジャン』巻頭に掲載）の中に記す。

レアリストは、もし彼が芸術家であるなら、人生の平凡な写真を示すのではなく、現実そのものよりもより完全で、より驚くべき、より確かなヴィジョンを与えようとするだろう。

一八八八年（九月）。エドモン・ド・ゴンクールは『序文と文学宣言』を一巻に集める。三〇年以上にわたって文学・芸術の領域で、彼一人で、あるいは弟とともに繰り広げてきた戦いの「戦況報告」である。

一八八八年（十二月九日）。エドモン・ド・ゴンクール『ジェルミニー・ラセルトゥー』がオデオン座で不成功に終わる。

一八八九年（五月および十二月）。ゾラが初めてアカデミー・フランセーズに立候補し、落選。彼は定期的に試みてはつねに失敗することになる（合計一九回の立候補）。

一八九一年（二月十七日）。『パリの噂《エコー・ド・パリ》』紙にユイスマンスの『彼方』連載の初回。登場人物の一人は次のように宣言する。

> 僕が自然主義に対して批判するのは（中略）その概念の汚らわしさだ。僕が非難するのは、文学において物質主義を受肉化させたこと、芸術の民主主義を称揚したことだ！

一八九一年（三月〜七月）。『パリの噂』紙にジュール・ユレによる「文学の進化」についての「アンケート」が掲載される。とりわけ、自然主義の占める位置、競争相手として登場してきた新しい文学傾向との関係について、質問が行なわれた。回答の中で、アレクシスが電報で寄越したものが今も有名である。「自然主義死ナヌ！」。

一八九一年（四月六日）。ゾラが文学者協会の会長に選任される。

一八九一年（五月十五日）。『羽根ペン《ブリューム》』誌がレオン・ブロワ（1）の講演「流派の頭首エミール・ゾラ」を掲載。ブロワは「自然主義の葬式」を告示する。ゾラとその弟子たちの「馬鹿げた教養」に反対した。

（1）一八四六〜一九一七年。批評家、小説家。同時代作家を激しく攻撃する一方、独自の神秘主義思想に基づく小説を執筆した〔訳注〕。

一八九一年（六月十八日）。オペラ＝コミック座において、ゾラの小説をもとにした歌劇『夢』上演。ルイ・ガレ（1）台本、アルフレッド・ブリュノー（2）作曲。

（1）一八三五〜九八年。劇作家。オペラの台本を多数手がけ、ビゼー、マスネ、サン＝サーンス、グノーなどの作曲家と仕事を行なった〔訳注〕。

（2）一八五七〜一九三四年。作曲家。オペラ作曲家として、長くにわたってゾラと共作したことで知られる〔訳注〕。

一八九一年（九月〜十一月）。ジュール・カーズ（1）が『事件《エヴェヌマン》』紙に「レアリスムの壊滅」を分析する一連の記事を掲載。

（1）一八五四〜一九三二年。小説家、批評家。『人為的な恋』（一八八九年）、『約束』（一八九二年）など、現代風俗を題材に小説を執筆した〔訳注〕。

一八九三年（六月二十一日）。ブーローニュの森において、『ルーゴン＝マッカール叢書』の完成を寿ぐ祝宴に二〇〇名が出席。ゾラや教育相レイモン・ポワンカレの友人が集まった。とくにポール・アレクシス、オクターヴ・ミルボー、エクトール・マロ[1]が数えられるが、ゴンクール、ドーデ、ユイスマンスは欠席だった。

（1）一八三〇～一九〇七年。小説家。六〇編ほどの小説を執筆した中で、『家なき子』（一八七八年）などの子供向けの作品が今も広く読まれている〔訳注〕。

一八九三年（十一月二十三日）。オペラ＝コミック座で歌劇『水車小屋の襲撃』初演。『メダンの夕べ』所収の短編をもとにし、ルイ・ガレ翻案、アルフレッド・ブリュノー作曲。

Ⅳ　継続と変容（一八九三～一九〇二年）

二十世紀への転換期に消滅する前に、自然主義は何重もの変容を被ることになった。美学的変化としては、サン＝ジョルジュ・ド・ブエリエやモーリス・ル・ブロンの「ナチュリスム（本然主義）」が代表する詩的傾向の発展があり、演劇におけるゾラの歌劇の試みがある。政治的・思想的動揺は、『三都市叢書』および『四福音書』（『ルーゴン＝マッカール叢書』の後を引き継ぐもの）の社会についての考察の内に認められ、そして一八九八年「私は告発する」によるドレフュス事件へのゾラの関与がある。

一八九六年ゴンクール、一八九七年ドーデ、そして一九〇二年にゾラが死去することによって、自然主義の運動には終止符が打たれる。その知的・美学的影響は、戦後の小説・映画の内に再び見出だすことができるだろう。直接的には、精神的遺産はアカデミー・ゴンクールによって保証され、ユイスマンス、次にエニックが初代の会長を務める。あるいは、メダンへの「巡礼」を組織する「エミール・ゾラ協会」によっても受け継がれるだろう……。

小説作品

――エミール・ゾラ『ルルド』(一八九四年)、『パリ』(一八九八年)、『豊穣』(一八九九年)、『労働』(一九〇一年)、『真実』(一九〇三年)。――アルフォンス・ドーデ『小教区』(一八九五年)、『大黒柱』(一八九八年)。――ジョリス＝カルル・ユイスマンス『出発』(一八九五年)、『大伽藍』(一八九八年)。――アンリ・セアール『海辺の売地』(一九〇六年)。――ポール・アレクシス『ヴァロブラ』(一九〇一年)。――レオン・エニック『ミニー・ブランドン』(一八九九年)。――オクターヴ・ミルボー『小間使の日記』(一九〇〇年)。――リュシアン・デカーヴ『閉じ込められた者たち』(一八九四年)、『円柱』(一九〇一年)。――ポールとヴィクトルのマルグリット兄弟『ある時代』(一八九八〜一九〇四年)。――ポール・アダン『群衆の神秘』(一八九五年)。――ジュール・ルナール『にんじん』(一八九四年)、『博物誌』(一八九六年)。――サン＝ジョルジュ・ド・ブエリエ『リュシー、身を持ち崩した罪ある娘の物語』(一九〇二年)、『ジュリア、あるいは恋愛関係』(一九〇三年)。

政治的事件

——一八九四〜九五年カジミール＝ペリエ[1]大統領。——一八九四年（十二月）ドレフュス大尉[2]に有罪宣告。——一八九五〜九九年フェリックス・フォール[3]大統領。——一八九八年（一月）エステラジー[4]の裁判に続いて、ゾラ「私は告発する」発表。——一八九九年（八月〜九月）レンヌでの裁判（ドレフュス事件[5]）。——一九〇〇年万国博覧会、ドレフュス事件に関する大赦法制定[6]（十二月十四日）。

（1）ジャン・カジミール＝ペリエ、一八四七〜一九〇七年。首相時代の一八九四年に「凶悪事法」制定。アナーキスト弾圧に乗り出す。保守的な姿勢を左派から激しく攻撃され、大統領職は早くに退いた〔訳注〕。
（2）アルフレッド・ドレフュス、一八五九〜一九三五年。軍人。アルザス出身のユダヤ人で、スパイ事件の犯人として有罪宣告を受け、南米ギアナの悪魔島に送られた。一九〇六年に無罪が確定し、軍務に復することになる〔訳注〕。
（3）一八四一〜九九年。大統領としてはロシアとの友好を深める一方、植民地政策を推進。ドレフュス事件に際しては、ドレフュス再審に反対の立場だったとされる〔訳注〕。
（4）フェルディナン・ワルサン・エステラジー、一八四七〜一九二三年。ドレフュス事件の真犯人。告訴されて尋問を受けるが、無罪釈放となった〔訳注〕。
（5）ドレフュスの再審が行なわれたが、改めて有罪が宣告された（ただし情状酌量）。ドレフュスは大統領による特赦を受け入れることになる〔訳注〕。
（6）事件に関わった者が以後、訴追されることはないとした。これによって事件を終わらせる意図があった〔訳注〕。

年譜

一八九五年（三月一日）。『ルーゴン＝マッカール叢書』の祝宴から二年、新たに大きな祝宴が、この度はエドモン・ド・ゴンクールに対して開かれた。老年の作家のもとに、アルフォンス・ドーデ、エミール・ゾラを含む三〇〇人以上の人物が集まった。

一八九五年（十一月）。雑誌『夢と概念 ナチュリスムに関する資料』の第一号刊行。サン＝ジョルジュ・ド・ブエリエとモーリス・ル・ブロンが指揮を執った。

一八九六年（十月）。モーリス・ル・ブロン『ナチュリスム試論』、ブエリエ『瞑想の冬』、およびウージェーヌ・モンフォール『路上』の三冊が同時期に出版。ナチュリスムの流派がここに始動する。数週間後、ゾラはインタヴューの際に宣言する。

大きな喜びと興味を持って、私は若いナチュリストたちの運動を見ているのです。ごく自然に、自分たちに割りあてられた片隅から、彼らはわれわれの方へと戻って来ることでしょう。すでに成されたことを繰り返すのは無意味ですから（『新アムステルダム』、一八九六年十二月十七日）。

一八九七年（一月十日）。ゾラの支援を受けて、サン＝ジョルジュ・ド・ブエリエは『フィガロ』紙にナチュリスムの「宣言」を掲載。象徴主義詩への対抗を企図したもの。とりわけ次のように主張する。

ゾラ、ロダン、クロード・モネ、彼らが新人たちと交流のある偉大な芸術家である。そこに知的な一族が形成されている。そこには国家の精神が生き延びている。この彫刻家、画家、小説家は、いわば現在においてあの伝統的系譜に連なる特別な末裔であり、その系譜に属するのは、ラブレー、ピュジェ、プッサン、ドニ・ディドロ、バルザックである！ 彼らこそが、自然と人間についての古典的信仰を保持しているのだ。

一八九七年（二月十九日）。ゾラの歌劇『メシドール（収穫月）』、パレ＝グルニエ座で初演。アルフレッド・ブリュノー作曲。

一八九八年（一月十三日）。ゾラが『曙《オロール》』紙に、ドレフュス事件に関する「共和国大統領への書簡」を発表。「私は告発する」の見出し。

一八九八年（二月十五日〜三月一日）。モーリス・ル・ブロンの記事「青年たちを前にしたエミール・ゾラ」か『羽根ペン』誌に掲載。

一九〇〇年（四月七日）。アカデミー・ゴンクール最初の会合。ユイスマンス会長のもとにレオン・エニック、オクターヴ・ミルボー、ロニー兄弟、ポール・マルグリット、ギュスターヴ・ジュフロワ(1)が集まった。新会員としてリュシアン・デカーヴ、エレミール・ブールジュ(2)、レオン・ドーデ(3)が指名された。

（1）一八五五〜一九二六年。批評家、小説家。印象主義を擁護し、モローやモネについての評伝がある。小説に『女徒弟』（一九〇四年）、『エルミニー・ジルガン』（一九〇七年）など〔訳注〕。

（2）一八五二〜一九二五年。小説家。一時期象徴派と関係を持ったが、やがて独立した道を進む。『神々の黄昏』（一八八四年）、『落花飛鳥』（一八九三年）などの小説がある〔訳注〕。
（3）一八六八〜一九四二年。小説家、ジャーナリスト。アルフォンス・ドーデの長男。ドレフュス事件を機に右傾化し、右派の団体「アクション・フランセーズ」に参加、機関紙に執筆した。回想録がよく知られている〔訳注〕。

一九〇一年（一月）。サン＝ジョルジュ・ド・ブエリエとモーリス・ル・ブロンによって「現代美学学院」が設立。ゾラは名誉会長に就任。この学校は当時の文学青年の出会いの場となる。

一九〇一年（四月二十九日）。ゾラの歌劇『嵐』、オペラ＝コミック座で上演。アルフレッド・ブリュノー作曲。

一九〇三年（二月二十六日）。アカデミー・ゴンクールの夕食会開始。毎年文学賞を授与することが決定される。最初は一九〇三年末に授与される。続く年の中で、アカデミーは次の人物を会員に加えることになる。ジュール・ルナール、一九〇七年選出（ユイスマンスの死去を受けて）。ジュディット・ゴーチエ[1]（一九一〇年選出、ルナール死去に際し）、ジャン・アジャルベール[2]（一九一七年、ミルボー死去に際し）、アンリ・セアール（一九一八年、ジュディット・ゴーチエ死去に際して）。第一次大戦後には、エミール・ベルジェラ、ラウール・ポンション、ポル・ヌヴー、ガストン・シェロー、ジョルジュ・クルトゥリーヌなどが続く。

（1）一八四五〜一九一七年。小説家、劇作家。作家テオフィル・ゴーチエの娘。東洋の詩文の翻訳の他、小説『帝国の竜』（一八六九年）や日本を舞台にした戯曲『微笑を売る女』（一八八八年）などがある〔訳注〕。
（2）一八六三〜一九四七年。小説家、批評家。インドシナを舞台にした小説『サオ・ヴァン・ディ』（一九〇五年）、『ラファン・シュ＝シュ』（一九一一年）など〔訳注〕。

一九〇三年（九月二十九日）。モーリス・ル・ブロン（『エミール・ゾラ　その進化と影響』を出版した後）

とサン゠ジョルジュ・ド・ブエリエが、最初のメダンへの「巡礼」を組織した。以後、ゾラの命日を記念して毎年行なわれる文学的行事となる。

一九〇三年（年末）。『さかしま』再版に際して、ユイスマンスは「二〇年後」の序文を掲載。みずからの文学経験について意見を述べている。

第二章　自然主義の理論

文学運動としての自然主義は、多様な分析の対象となりうるものである。歴史的観点を優先させるなら、十九世紀後半における各年代の状況を重視し、前章で行なったように、自然主義の出現、頂点、衰退の記述に努めることになるだろう。反対に、美学的観点によるなら、自然主義を十九世紀小説という問題と関連させ、より一般的価値を持つカテゴリーとみなされているレアリスムの、一構成要素としてこれを捉えることだろう。この方向をさらに先へ進め、歴史への参照を一切顧みずに、社会的環境の正確（かつ科学的）な描写を主要な目的とするある文学的企図、という概念のみをもっぱら考慮するということもありえる。最後の可能性としては、自然主義という用語に否定的な意味を与え、レアリスムの堕落した形態と定義することができるだろう。この場合、自然主義は、「肯定的な」主人公を登場させることができず、社会に対して生物学的な見方しかできないもの、と捉えられることになる。これはマルクス主義的な観点から、ジェルジ・ルカーチのような理論家によって主張された立場である。[1]

（1）ジェルジ・ルカーチ『バルザックとフランス・リアリズム』マスペロ書店、一九六九年および『リアリズムの問題』ラルシュ書店、一九七五年を参照。

このように異なった受容の仕方が存在するということは、すなわち、「自然主義」の概念は自明のものではないということである。したがって、歴史の領域であれ、美学の領域であれ、いくつもの問題が提起されうる。それらの問題を検討するにあたっては、知的規範についての考察から始めることが不可欠であろう。いくつかの規範の影響が決定的なものだったからである。

I　実証主義という規範

「自然主義」の概念

十九世紀後半において、その周囲を取り囲んでいた知的・科学的背景を無視しては、自然主義を理解することはできない。「自然主義」という用語そのものを検討しよう。一八六八年からゾラがこの語を用いるようになった時、その言葉にはすでに長い歴史が存在していたのである。十七世紀から、この語は自然現象を合理的に研究しようとする哲学者・知識人によって用いられていた。

――（十七世紀から）博物誌の領域において、後には自然科学・生物学（十九世紀）の領域で、「自然主義者」

は自然についての科学を実践する学者を指した。とりわけ植物学・鉱物学・動物学についてである。

——（十七世紀から）哲学の領域において「自然主義」とは、自然の外には何も存在しないとして、形而上学的（あるいは超自然的）な説明を拒絶する一学説を意味した。

自然主義者とは神をまったく認めず、物質的実体しか存在しないと信じる者である。（中略）この意味で自然主義者とは無神論者、スピノザ主義者、唯物論者などの類義語である（ディドロ、『百科全書』、一七六五年）。

——（基本的に十九世紀から）美術の領域においては、「自然主義」は芸術理論の一つであり、自然の正確な模倣の探究であった。

自然主義の流派は、芸術とはあらゆる様態、あらゆる段階における生命の表現であり、その唯一の目的は自然を再生産し、これを最高に力強く激しいものにするということを主張する。それは科学と調和した真実である（ジュール＝アントワーヌ・カスタニャリ(1)、一八六三年の『サロン評』）。

（1）一八三〇〜八八年。美術批評家。レアリスム・印象派絵画を擁護した〔訳注〕。

つまり、「自然主義者」とは作家である以前に哲学者、科学者であり、画家でさえあった。このような意味の変遷は、ゾラとその弟子たちが擁護する文学理論の内容とも無関係ではなかった。

十九世紀後半において、科学は、専門家の限定的なサークルを離れて大衆にまで到達する。多くの者が、ロマン主義に飽き果てた後に、オーギュスト・コント[1]が『実証哲学講義』(一八三〇~四二年)の中で公式化した理論へと戻って来たのだ。理性の進歩と知的法則の段階的な発見とが、人類を導いていく様をコントは描いていた。彼によればその二つだけが、自然現象の実態を説明できるのである。

(1) 一七九八~一八五七年。哲学者。『実証哲学講義』の中で、人間は神学的段階から形而上学的段階を経て、実証的な段階へ進化すると説いた〔訳注〕。

誰もがこの広大な領域にわたる知識欲を共有した。アシェット書店[1]はあらゆる種類の啓蒙書、とりわけ教科書や事典を出版したが、こうした企業が知識欲を促進する役を担った。実証主義の理想はエミール・リトレ[2]の人物像の内に体現している。彼は順に、医師、歴史家、文献学者となり、全精力を注いで巨大な『辞典』を実現した。その出版は一八六三年から一八七七年に及ぶ。

(1) ルイ・アシェット(一八〇〇~六四年)が一八二六年に創業。ゾラは一八六二~六六年のあいだ、アシェット社に勤めた〔訳注〕。
(2) 一八〇一~八一年。実証的な語義解釈と多数の引用を有する『フランス語辞典』はアシェット書店から出版された〔訳注〕。

遺伝の理論

ダーウィン（『種の起源』、一八五九年、仏訳は一八六二年）の進化論の影響は、自然主義の時代のすべての小説家・批評家に及んでいる。よく知られているように、ダーウィンにとっては、自然選択および変異の遺伝のメカニズムに従って、現存する種は変異するものであった。この概念を人文科学の領域に最初に応用したのがテーヌである。論理的な分類と抽象化の信奉者として、彼は個々人を、その人物の生きた歴史的・社会的経験との関係において理解しようと努めた。そうして、〈民族〉、〈環境〉、〈時代〉の三つが、人間に関する決定論の本質的な構成要素として想定されるに至った。「悪徳や美徳もまた、硫酸や砂糖と同じように作り出されるものである」と、彼は『イギリス文学史』の「序文」（一八六三年）に記している。この公式は物議を醸した。テーヌを敬愛するゾラは、一八六八年、この考えに想を得て『テレーズ・ラカン』第二版の序文を著す。そして彼は、遺伝の仮説を考慮して『ルーゴン＝マッカール叢書』の家系樹を構想するが（一八六八年）、その際におもに参照したのはプロスペル・リュカ博士[1]の『自然遺伝の哲学的・生理学的概論』である。

（1）一八〇五～八五年。遺伝学者。『自然遺伝の哲学的・生理学的概論』は第一巻が一八四七年、第二巻が一八五〇年に出版された〔訳注〕。

発展途上にある科学として、医学は小説に科学的保証を与えるものだった。医師の人物像にゾラは魅了される。自身が医者の息子であり、弟でもあったフロベールが魅了されたように。一八六九年の『パロディ』誌に載った諷刺画がフロベールを描いているが、そこで彼は外科医の前掛けをして、メスを片手にボヴァリー夫人を解剖している……。

したがって、自然主義運動の最も有名な理論であるゾラの「実験小説論」（一八七九年）が、クロード・ベルナールの『実験医学研究序説』から構想されたということも、容易に理解されるだろう。ゾラは記している。

私はここで応用という仕事しか行なっていない。それというのも、実験の方法についてはクロード・ベルナールによって『実験医学研究序説』の中で、驚くべき力強さと明晰さをもって確立されているからである。この書物は、決定的な権威を持つ学者の手になるもので、私に堅固な土台をもたらしてくれるだろう。私はそこですべての問題が取り扱われているのを発見するが、疑念の余地のない論拠として、私にとって必要な引用をするだけに留めよう。したがってこれはテクストの寄せ集めのようなものでしかないだろう。何故なら、私はあらゆる点においてクロード・ベルナールの背後に隠れようと思っているのだ。大抵の場合、「医師」の語を「小説家」に置き換えるだけで私には充分なことだろう。そうすれば私の思考は明確になり、科学的真実の厳密さを備えることになるだろう。

自然主義物理学

生命についての問題の他に、十九世紀の科学は火力によって作り出されるエネルギーの問題の解決にも向けられた。したがって、遺伝の生物学的理論とは別に、カルノー[(1)]によって定式化された熱力学の原則もまた、ゾラおよび彼の同時代人の知的地平を理解するのに不可欠なものである。エネルギー、働き、力の作用、変換の効果、およびその劣化（エントロピー）、これらが熱力学の中心的な問題であり、蒸気機関の構想にその応用が認められる。機能の観点から眺める時、蒸気機関の概念は形質遺伝と同種の論理を共有している。つまり、どちらも循環と運動のシステムであり、その両者が、自然主義小説における循環のテーマの起源となった。循環とは運動、停止、再始動から成るものである。

（1）ニコラ・レオナール・サディ・カルノー、一七九六〜一八三二年。物理学者。熱力学研究のパイオニア。「カルノー・サイクル」の名で知られている〔訳注〕。

したがって、自然主義物理学というようなものが存在し、同じ一つのヴィジョンの中に、生物の世界と無生物の世界を結びつけている。生命は一個のメカニズムであり、エネルギーの総量であると捉えられる一方で、物質は生命の息吹で満たされるのだ。その結果、生命と運動とが持つ力についての考察に基礎を置きながら、一般にまで敷延された汎神論が形成される。それが、自然主義小説に哲学的な力と科学的な豊かさとを同時にもたらすのである。ミッシェル・セールは、フロベールとゾラを例に挙げながらそのことを強調している。

『ルーゴン＝マッカール叢書』は大体のところ当時の知の状態を描いている。その状態について、現にあるもの、あったものを具体的に観察するという条件のもとに。はっきり言う必要があるが、『ブヴァールとペキュシェ』、『パスカル博士』などは、宣伝に反して、その点について、たくさんの専門的な論文とは別の正確さをもった資料を構成しているのである（『火、そして霧の中の信号――ゾラ』、グラッセ社、一九七五年、三四頁）。

悲観主義的世界観

エネルギーに関する小説である自然主義小説は、またしばしば、塞がれ、もはや機能しなくなったシステムについての小説でもある。それというのも、遺伝という決定論的なシステムは、人間の自由についていて多くの希望を残すものではないからだ。したがって、実証主義に対する熱狂は、容易に失望に場所を譲りうるのである。そこに、ショーペンハウアー(1)の哲学の占める重要さがある（『思想、箴言と断片』仏訳、一八八〇年、『意志と表象としての世界』仏訳、一八八六年）。その影響は一八八〇年から始まる。このドイツの哲学者にとって、人間は自然の力の玩弄物であり、その人生は希望のない戦いであり、もたらされるのは苦しみだけなのである。

（1）アルトゥール・ショーペンハウアー、一七八八～一八六〇年。ドイツの哲学者。カントを出発点に、プラトンやインド哲学の影響のもとに思想を展開した。主著『意志と表象としての世界』は一八一九年刊行〔訳注〕。

ショーペンハウアー流の悲観主義は『生きる歓び』（一八八四年）の時代のゾラに顕著である。それはまた、とりわけモーパッサン、ユイスマンス、セアールの作品にも見出だされ、孤独や独身生活のテーマがもたらされている。

思想的行程のなんという皮肉だろうか！　科学による征服という楽観主義の中に生まれ、科学万能主義の熱狂の内に育った自然主義は、ショーペンハウアーとともに人間の努力の虚しさを見出だし、虚無の苦悩に直面するのである。

II　歴史的系列

知的規範の権威は、どれほど威信のあるものであっても、それだけでは文学理論を確立するのに充分ではない。文学理論は、歴史的な伝統にも基礎を持たなければならないのだ。ゾラはそのことをよく理解しており、自然主義を擁護する際にはいつも、自分はその概念を発明したのではなく、それは古くからあり、十九世紀より以前に起源を遡れると主張したのだった。

遠い系列

自然主義運動の起源をどこに位置づけるべきだろうか？ 何人かの批評家がしたように、古代ギリシャ・ローマまで遡り、ホメロス、ペトロニウス、ユウェナリスを想起したり、あるいはもう少し近いところで、中世の笑劇やラブレーの名を挙げたりする必要があるのだろうか？ こうした結びつけは確かに興味深いが、時間的距離の遠さゆえに危ういものでもある。

十八世紀から出発するのがより正当であるだろう。啓蒙と『百科全書』の時代であり、十九世紀後半の実証主義と確かに類縁関係を持っている。まさしくこの時代こそ、ゴンクール兄弟が偏愛した時代ではなかったろうか？ 彼らは小説の試みに身を投じるより前、一八五四年から一八六二年にかけて、多くの歴史研究をこの時代にあてたのである。ゾラは、明確に自然主義を十八世紀と結びつけ、ディドロ[1]を「文学に適用された観察と実験の方法」の発明者とみなしていた（「自然主義」、『論戦』所収、一八八二年）。

（1）ドニ・ディドロ、一七一三～八四年。思想家、小説家。『百科全書』編纂の他、戯曲、絵画批評、小説も執筆した。小説に『運命論者ジャックとその主人』（一七九六年）などがある〔訳注〕。

実際、思想的観点からすると決定的な問題について、ディドロと一八八〇年の自然主義者とは容易に関連づけられる。つまり芸術における真実、作家の役割や科学的手法の利用といった問題である。[1]合理的な説明に対する欲求、さらに真実という理想が、百科全書派と実証主義者を結びつける。カラスの無実を求めるヴォルテールの戦い[2]から一世紀の後、一八九八年、ドレフュスを擁護するゾラの偉大な振る舞い（「私は告発する」）は、象徴的な形で、この歴史的連続性を立証するものだろう。

（1）エメ・ゲージュによるディドロとゾラの対比を参照。『ヨーロッパ』誌、四六八―四六九号、四〜五月、一九六八年。
（2）一七六二年、ヴォルテール（一六九四〜一七七八年）は、ジャン・カラスの殺人事件を調査した結果、カラスの無罪を確信し、真実を世に訴えた〔訳注〕。

近い系列

ディドロの後には、スタンダール[1]とバルザック[2]の名を挙げ、歴史的系列の問題を、文学上の美学的観点から考察する必要がある。こんにち、スタンダールとバルザックは、ロマン主義の作家というよりも、小説におけるレアリスムの真の導入者とみなされている。それゆえ、自然主義へと導かれる小説の進化において、彼らに最も重要な位置を与えるゾラの見方に従うことは難しくはない。『ルーゴン=マッカール叢書』の著者が一八八一年に出版した批評集の中では、この二人の作家も、フロベール、ドーデ、ゴンクール兄弟と同様に「自然主義の小説家たち」の内に分類されている。バルザックは小説世界を構築する技法を賞讃され、スタンダールは心理的事象についての分析的な視線のために称えられている。

（1）本名アンリ・ベール、一七八三〜一八四二年。小説家。『赤と黒』（一八三〇年）や『パルムの僧院』（一八三九年）が名高い〔訳注〕。
（2）オノレ・ド・バルザック、一七九九〜一八五〇年。小説家。『ゴリオ爺さん』（一八三五年）や『幻滅』（一八三七〜四三年）など、生涯書き継いだ小説を『人間喜劇』（一八四二〜四八年）にまとめた〔訳注〕。

スタンダールはディドロの最初の継承者であった。（中略）スタンダールは一七八三年に生まれており、彼が十八世紀とわれわれの世紀とを結びつけていることを思い出す必要がある。鎖は途切れることがないのだ。（中略）彼は正確、冷淡で鋭い分析だけで満足したのだったが、自分の時代には成功を得られなかった。次にバルザックが現われた。あの騒々しい天才であり、彼はあまりにしばしば自分の本当の仕事を理解していなかった。彼の文体には誇張があり、それを彼は絶望的なまでに推し進め、同時代の抒情詩人と華々しく戦うのであるが、しかし彼はスタンダールと同じように進化に貢献している。彼は観察家であり、実験者であって、社会人間科学の博士号を保持していたといえよう（「自然主義」、『論戦』所収、一八八二年）。

［バルザックは］自然主義小説を生み出した。それは社会の正確な研究であり、その結果、天才の大胆さでもって、彼はその広大なフレスコ画の中に、目の前に存在する社会から写し取った一個の社会全体を躍動させたのである。それは現代における進化を最も鮮やかに確立するものだった。彼は古いジャンルに巣食う虚偽の息の根を止め、未来を始動させたのである（「バルザック」、『自然主義の小説家たち』所収、一八八一年）。

直近の先駆者たち

こんにちではあまり知られていない二人の作家、ジュール・シャンフルーリ（一八二一〜八九年）とルイ＝エドモン・デュランティ（一八三三〜八〇年）がパイオニアとして位置づけられる。ロマン主義の時代と自然主義の時代の狭間にあって、彼らは準備されつつある新しい運動を告げ知らせたが、それを完全な形でイメージすることはできなかった。フロベールが『ボヴァリー夫人』を完成させ、ゴンクール兄弟がまだ最初の小説を世に出してはいない時点で、「レアリスム」の用語と概念を擁護したという功績が彼らには認められる。それぞれ、シャンフルーリは『ガゼット』誌（一八五六年）、および『レアリスム』（一八五七年）と題された評論集の中で、デュランティは『レアリスム』の名を持つ雑誌を一八五六年七月から一八五七年四、五月まで刊行することで、「芸術のための芸術」[1]の教義を論破し、ロマン主義的な理想主義と決別する「誠実な」芸術のために確信を持って語ったのだった。デュランティは記している。

（1）芸術の無用性を説く芸術至上主義の主張。ロマン派や高踏派の詩人に広く支持された〔訳注〕。

レアリスムは歴史的なものを追放する。それはわれわれの時代についての研究を望む。それは何物も変形させることなく、そのために、人間の社会的側面を表象する。芸術家は実践的で有用な、気晴らしではない哲学的目標を持つのである。有用な真実の内に芸術家が求める感動とは、一個の教育ともなりうるものなのだ（『レアリスム』誌、一八五六年）。

Ⅲ　自然主義の美学的計画

自然主義美学の一般的特徴をどのように定義すればよいだろうか？　おそらく、最も簡単なのは、自然主義作家がどのように、芸術ジャンルの伝統の中にみずからを位置づけているかを見ることであろう。小説、演劇に対して、そして同様に、文学を離れて絵画に対しても。

自然主義と絵画

疑いもなく、画家の経験は、文学における自然主義の起源に見て取れるものである。ゴンクール兄弟とガヴァルニ(1)、ゾラとマネ、ユイスマンスとラファエリ(2)、ミルボーとピサロ(3)を結びつけた、友情と尊敬によって結ばれた関係についてはよく知られている。あるいは彼らより前に、シャンフルーリ、デュランティとクールベ(4)との関係もあった。第二帝政末期には、画家と作家の世界は深く交わっており、カフェ・ゲルボワでの集いや、ファンタン＝ラトゥール(5)が《ドラクロワへのオマージュ》（一八六四年）や《バティニョールのアトリエ》(一八七〇年)の中に集めた芸術家のグループの姿が、そのことを証言している。ゴンクール兄弟の文学キャリアは、デッサンや絵画を試み、芸術批評を書くことから始まった(『一八五二年のサロン』、『一八五五年の万博における絵画』)。理論的な書物において、小説家は新しい芸術に敬意を表し、絵画の現代性を分析し、それを通してみずからを定義したのである。

(1)ポール・ガヴァルニ、一八〇四~六六年。画家、版画家。新聞に多数の諷刺画を発表した〔訳注〕。
(2)ジャン=フランソワ・ラファエリ、一八五〇~一九二四年。画家。風景画を描き、印象派展にも出品している。エドモン・ド・ゴンクールの肖像画(一八八八年)がある〔訳注〕。
(3)カミーユ・ピサロ、一八三〇~一九〇三年。風景画家。印象派展を積極的に支えた〔訳注〕。
(4)ギュスターヴ・クールベ、一八一九~七七年。画家。絵画におけるレアリスムの主導者。日常的な光景を題材にした作品は、一八五〇年代に物議を醸した〔訳注〕。
(5)アンリ・ファンタン=ラトゥール、一八三六~一九〇四年。画家。印象派画家との交流が深かった。《ドラクロワへのオマージュ》には詩人ボードレール、シャンフルーリ、《バティニョールのアトリエ》にはゾラの姿がある〔訳注〕。

それこそ、ゾラやユイスマンスが行なったことである。一八六六年から一八八〇年まで、ゾラは当時の前衛的芸術批評家の位置にいた(一八六六、六八、一八七二~八〇年の『サロン評』)。彼がとくに好んだのはマネの作品であり、彼によれば「自然主義という現代の流派」を告げ知らせる唯一のものであった(『わがサロン』、一八六六年、『エドゥアール・マネ　伝記批評研究』、一八六七年)。ゾラは断固として自分の選択と拒絶とを明確にした(「わが憎悪」という示唆的なタイトルを参照)が、一般的に言って、彼の立場は後世にも受け継がれた。かくして、彼はメソニエ、カバネル、ジェロームの神話画を拒絶し、反対に、モネやコンキント[1]の描くパリや、コロー[2]、ブーダン[3]、シスレー[4]の風景画を擁護するのである。

（1）ヨハン・バルトルト・ヨンキント、一八一九〜九一年。画家。オランダ出身で、印象派の先駆者として知られる〔訳注〕。
（2）ジャン＝バティスト＝カミーユ・コロー、一七九六〜一八七五年。バルビゾン派の画家〔訳注〕。
（3）ウージェーヌ・ブーダン、一八二四〜九八年。外光派の画家。印象派に影響を与えた〔訳注〕。
（4）アルフレッド・シスレー、一八三九〜九九年。風景画家。生涯、印象派の美学に忠実だった〔訳注〕。

ゾラと同様、ユイスマンスは『現代芸術』（一八八三年）や『ある人びと』（一八八九年）において、現代性の本質を理解しようと努めた。彼は、バスチアン＝ルパージュやジェルヴェクスの保守的な絵画に反対し、アカデミックな意見に対抗して、ドガ[1]の裸体画やラファエリの風景画を賞讃した。『ある人びと』は彼の芸術的選択の総括を提示するもので、そこにはドガ、ラファエリ、ギュスターヴ・モロー[2]、フェリシアン・ロップス[3]、バルトロメ[4]、フォラン[5]、ホイッスラー[6]評が集められており、加えて、前時代の絵画についての簡略な批評がある（ターナー[7]、ゴヤ[8]、フランドルの素朴派であり、最後のものについては一九〇四年の『三人のプリミティフ派画家』でより詳細に論じられる[9]）。

（1）エドガー・ドガ、一八三四〜一九一七年。印象派画家。バレエの踊り子を描いた作品でとくに名高い〔訳注〕。
（2）一八二六〜九八年。象徴主義の画家。文学性に富んだ官能的な絵画で知られる〔訳注〕。
（3）一八三三〜九八年。画家、版画家。ベルギー出身。幻想的でしばしば病的なイメージを描いた〔訳注〕。
（4）アルベール・バルトロメ、一八四八〜一九二八年。画家、彫刻家。ドガと深い親交があった。彫刻家として多数の墓碑を制作した〔訳注〕。
（5）ジャン＝ルイ・フォラン、一八五二〜一九三一年。画家。とくに諷刺画に秀でていた〔訳注〕。
（6）ジェームズ・アボット・マクニール・ホイッスラー、一八三四〜一九〇七年。アメリカ人の画家。一八五九年以降イギリスに住み、印象派、ラファエル前派や象徴主義と関わりながら独自の道を歩んだ〔訳注〕。
(7) ジョゼフ・マロード・ウィリアム・ターナー、一七七五～一八五一年。イギリスの風景画家。ヨーロッパ各地を旅行し風景画を描いた。印象派を先取りしたとも評される〔訳注〕。
(8) フランシスコ・デ・ゴヤ、一七四六～一八二八年。スペインの宮廷画家。鋭い洞察力に基づく肖像画、宗教画を残した。近代絵画の先駆者の一人に数えられる〔訳注〕。
(9)『三人のプリミティフ派画家』は、マティアス・グリューネヴァルト（一四七五年頃～一五二八年、ドイツの画家）およびニ枚の作者未詳の絵画について語っている〔訳注〕。

かくして、エクリチュールの技法について考察する小説家にとって、絵画は不可欠な参照対象となる。画家と同様に、小説家は人物を配置し、画面を構成し、多様な視点を探し求め、前景と後景とを入れ替える……。象徴的な振る舞いを挙げよう。一八七八年にゾラがメダンの住居を購入した際、彼は元の小さな家に大きな四角の塔を付け加え、その最上階にある書斎からは、大きなガラス窓越しにセーヌ川が眺められるようになった。その堂々とした様子は、画家のアトリエを想起させるものなのである。

自然主義は、ut pictura poesis「詩ハ絵ノヨウニ」というホラティウスの古い公式を再発見した。方法論的観点から、自然主義はその公式が内包する真実を、より深く掘りさげたのである。

自然主義と小説

一八六四年、『ジェルミニー・ラセルトゥー』出版に際して、ゴンクール兄弟は小説の自由を宣言した。

こんにち、「小説」は拡張し、成長している。小説は文学的研究や社会調査の、真剣で、情熱的、生気を保った形式となりつつあり、分析と心理の探究によって、「現代精神史」となったのである。こんにち、「小説」は科学の研究と義務とをみずからに課しているが、その自由と率直さをも要求しうるのだ（『ジェルミニー・ラセルトゥー』序文、一八六四年）。

つまり、小説はその伝統的な限界を超えて広がったのである。小説はすべてを受け入れることができる。資料であれ考察であれ、事件を叙述する歴史であれ心理分析であれ。だがこの拡張の動きは、問題提起の可能性を惹起するものでもある。まだ「小説」について語ることが可能なのか？　その用語は正確なものといえるのか？　ゾラは自問している。

まずもって、これまでこの「小説」という語を変更できなかったということが遺憾である。その語は、われわれの自然主義作品にあてはめてみた時には、何も意味しない。この語は、物語、作り話、空想といった概念を伴うものだが、それはわれわれが作成している調書とは、奇妙なまでに相容れないのである。すでに一五年から二〇年も前に、この用語の不適切さが増していくのが感じられていたし、表紙に「研究」という語が試しに置かれたこともあった。だがそれはあまりに曖昧に過ぎたので、やはり「小説」の語が維持されたのであるが、こんにち、それにとって代わるにふさわしい語を見つけ出すことが必要であろう（「小説に適用された批評の定型」、『実験小説論』所収、一八八〇年）。

小説の概念を再定義し、従来の伝統と完全に縁を切るべきなのか？　そのような誘惑はゴンクール兄弟の内にあった。彼らはもっぱら現代の歴史家でありたいと望み、生理学や社会についての研究のみを提示したいと考えていた。同じ誘惑を感じていたゾラは「実験小説」という概念を提唱したのだった。反対にモーパッサンのような作家は、なんらかの公式の内に閉じこもることを拒む。「小説論」（一八八八年）の中で、現代小説は最大限に多様なモデルに対応するものであることを認め、創作者の個性と意向のみが重要であると断言している。彼にあっては、第二世代の自然主義者の多くと同様に、年長者を駆り立てていた理論化への野心は実用主義に場を譲り、フィクションのあらゆる可能性を探求することにもっぱら関心を抱いているのである。

結局のところ、自然主義美学は文学における伝統的区分けを覆したのだが、しかし、それを再構成したり、作り直したりすることに本当に成功したのではない。その美学の影響のもとに、小説は新しい次元を（いわばジャンルを超越する形で）獲得し、歴史から詩に至るまでのあらゆる文体、あらゆるニュアンスを表現することをみずからの使命とした。小説は科学のもつ自由さを獲得しながら、その制約は受けることがなかったのである。

自然主義と演劇

小説とその形式的柔軟性を目の前にしながらも、演劇はその規則と約束事にもかかわらず、魅力を持ち続ける。十九世紀において、演劇は文学生活の中心を占めており、公衆との直接の接触の機会と、即時的な成功の可能性を指し示していたからである。したがって、自然主義者たちがなんとしてでもこの領域に進出したかったというのも理解されるだろう。だが彼らは部分的にしか成功を収めることができなかった。彼らの努力は三つの方向に向けられた。成功した小説の舞台化、小説の材料を転用したオリジナルな創作、そして斬新な様式の試みである。

〈翻案劇〉は、一般的に、メロドラマで実践済みの技法に従って構想され、共作者の助けを借りて完成に至るもので、ゾラやドーデの最も有名な作品がそこに含まれる。作品に第二の生命が吹き込まれたわけである。最も重要な成功は、一八七九年の『居酒屋』によってもたらされた。

〈創作劇〉は、より野心的であるが、決まってといっていいほど不成功に終わった。自然主義小説の首領は誰一人、公衆の好評を勝ち得ることができなかったのである。『候補者』(一八七四年)のフロベールも、『アルルの女』(一八七二年)のドーデも、『アンリエット・マレシャル』(一八六五年)や『ジェルミニー・ラセルトゥー』(一八八八年)のゴンクールも、最後に、『テレーズ・ラカン』(一八七三年)や『ルネ』(一八八七年)のゾラも……。一八七四年に彼らが集まった有名な夕食会が思い出させるように、彼らは揃って「野次られ作家」の宿命を経験することになった。同じくこうした不成功の象徴として、同時期にアンリ・ベックが『鴉の群』(一八八二年)や『パリの女』(一八八五年)で被った不当な軽蔑も挙げられる。そこで問題となっていた演劇は、間違いなく、自然主義美学が抱く野心を最もよく示しうるものだったのだ。

最後に、〈実験演劇〉の中に、アントワーヌの「自由劇場」の枠の中で舞台に乗せられた作品を入れよう(次章で改めて取りあげる)。あるいは、一八九一年以降、音楽家アルフレッド・ブリュノーの協力を得てゾラによって試みられた歌劇への翻案がある。すなわち、『夢』(一八九一年)、『水車小屋の襲撃』(一八九三年)、『嵐』(一九〇一年)である。

Ⅳ 自然主義の統一性

多様な様式?

一般的に、文学史家は自然主義作家のもたらした理論的考察にあまり信を置いていない。好んでその弱さや矛盾が取り沙汰されている。彼らの言うところによれば、唯一ゾラが、この領域において重要な成果を残したということになる。他の者たちといえば、この問題にさして興味を持たず、理論的概念を鍛えあげることに執着せず、たとえば「自然主義」の語を、内実の伴わない空疎なラベルだとしか思わなかったのである。彼らの表明した言葉のいくつかは、そのことを証明している。

・「レアリスム、自然主義、実験的などということについて私に話さないでくれたまえ！　すっかりうんざりしているんだ。なんと空疎で馬鹿げた言葉！」（フロベールによるモーパッサン宛書簡、一八七九年十月二十一日）

・「僕はもうロマン主義と同様に、自然主義もレアリスムも信じてはいない。僕の感じるところでは、こうした言葉は絶対的に何も意味していないし、対立する気質の持ち主同士の争いにしか役立ちはしないんだ」（モーパッサンによるアレクシス宛書簡、一八七七年初頭）

・「自然主義、それはゾラによって広められた言葉であり、彼は自分の教養の価値を控え目に信じているのである」（セアール、『親密なユイスマンス』）

こうした広く行き渡った軽蔑の念が理由で、多くの注釈者は自然主義に統一性があるという考えを拒絶する。反対に、個人個人によって異なった、多様な様式が存在したのだろうという次第である。フロベールは根本的なところでロマン派の作家だったと指摘される。ゴンクール兄弟は自然主義を印象主義にまで、モーパッサンは幻想の領域にまで推し進めた。ユイスマンスのような作家は、最初は『居酒屋』由来の美学の内に閉じこもったが、やがてそれを拒絶し、神秘主義の内に一つの帰結を見出だした。ゾラ自身でさえ、『ルーゴン＝マッカール叢書』の後では、それまでの自分が熱愛していたものを否定して、

『四福音書』の中で、それまで押さえこんでいた抒情的な才能を発展させたのである。
このように見るなら、自然主義とは否定され、超越されるためだけにしか存在しなかったことになるだろう。それは作家たちにとって一時的な選択だったのであり、やがて彼らはそれぞれ固有の道を急ぐようになるというわけだ。正確にはどうだったのだろうか？

自然主義の方法

はじめに、自然主義作家たちが、思想的統一が絶対に必要だと感じることは決してなかったという点を指摘しておこう。彼らはたえず自分の独立を守ることに注意を払っていたのである。モーパッサンは指摘する。「あれら文学的論争はすべて（中略）とりわけ気質の争いなのである。だが大抵の場合、彼らは精神の多様な傾向を、流派の問題、教養の問題に仕立てあげるのだ」（『政治文学評論』誌、一八八三年三月）。自然主義は一個の「方法」であり、凝り固まった思想ではないと、ゾラは理論的な文章の中でたえず述べていた。それと同じことを、一八九一年に、アレクシスがジュール・ユレに向かって繰り返している。

いい加減で曖昧な見方が広まっているので、私は今一度それを払拭するように努めたいのです。自然主義とは、一般に信じられているように一つの「レトリック」なのではなく、もっと別の真剣な何物か、つまり「一個の方法」なのです。思考し、眺め、考察し、研究し、実験する方法であり、知るために分析したいという欲求であって、ある特殊な書き方というようなものではないのです（『文学の進化についてのアンケート』）。

ある者たちが「自然主義」の語を用いるのを拒絶したという事実は、彼らがあらゆる理論的考察を拒絶したということを意味するのではない。自然主義グループのメンバーを熱くさせた、美学的な議論の活況については人の知るところである。理論に関して、ゾラはスポークスマンでありたいと望んでいた。彼は総論を提示しようと試み、いくつものコンセプト（「実験小説」のような）を提案したが、それらは全会一致の賛同を得られず、拒絶反応を引き起こすことにさえなった。もっとも、こうした不和を彼はよく知っていたし、理解してもいた。たとえば、この問題に関してフロベールと交わした議論を、彼がどのように思い返しているか見てみよう。

確かに、一つの流派を築こうとするのは愚かなことだという意見に私は同意していた。しかし私は付け加えて言ったものだった。流派とはおのずと築きあげられるものであり、それを受け入れる必要があるのだと。それでもわれわれのあいだの誤解は最後まで続いたのだった。過去において発展の時期があったこと、目下も発展し続けている時期であるのだと確認することで、私はただ単に批評家の仕事を行なっていたのだが、私が多様な気質の相違を規制しようと考えているのだと、おそらく彼は思ったのだろう。レッテルや「主義」の語に対して彼が憤慨している時には、それでも、ある事象を確認するためには言葉が必要なのだと、私は彼に答えるのだった。しばしば、その言葉は公衆によって作り出され、彼らから押しつけられたものであり、公衆は同時代の労働の中に自分自身を確認したいという欲求を抱いているのだと私は言った。結局のところ、独創性の自由な発展についてわれわれは理解しあったし、われわれは同じ哲学、同じ美学、文学についての同じ憎しみ、同じ愛情を共有していたのである。われわれの不一致が始まるのは、私が彼をもっと先へと追い立てて、作家個人からグループへと遡り、われわれの文学はどこから来て、どこへ行くのかということを理解しようと努める時のことだった（『自然主義の小説家たち』、一八八一年）。

それゆえ、見せかけの共同宣言の上に築かれるような理論的統一を探し求めるべきではない。実際のところ、自然主義者が共同で〈宣言〉に署名することは決してなかった。ここで想起される唯一の「宣言」は「五人の宣言」だが、それはまさしく拒絶を述べるものなのである。自然主義作家たちの思想の統一性は、もしそれが存在するなら、いくつかの共通の実践の上に基礎を置くものであろう。すなわち、ジャーナリズムにおける経験は、分析的な批評に重要な意義を認めるように彼らを導く。フィクション芸術に対する取り組み方は、個人的なインスピレーションよりも、資料収集と科学的分析の原則を優先させるように彼らを促す。それぞれの思想的な歩みがどのようなものであれ、そこにこそ、全員を結びつける〈方法〉というものがある。この観点からすれば、ユイスマンスの例は示唆に富んでいる。カトリック教徒として、一八九五年から一八九七年に『大伽藍』を執筆していた時に、彼は可能な限り自然主義から遠ざかっていたのであるが、それでもなお、文学キャリアの最初の時期に鍛えあげた資料収集の技術を行使しているのであり、その振る舞い、そのエクリチュールの型においては、自然主義者であり続けているのである。

第三章　個人とグループ

十九世紀末に「自然主義者」とみなされえた作家の正確なリストを作成するのは難しい。周知の通り、自然主義の歴史は『メダンの夕べ』のエピソードに限定されるものではない。ゾラと彼の直接の弟子たちの周囲で、数世代にわたるいくつものグループが、かなり長い期間の中で生まれては消えていった。すべての人物が果たした役割を網羅的に列挙するのは不可能であろう。したがって選択することが必要となる。

ではどのような選択基準を採択することができるだろうか？　つねに不確かな主観的判断（誰それによる、自分は「自然主義」と呼ばれる流派に属していたという断言）よりも、客観性を伴う基準を優先させなければならない。

――出来事や逸話という基準。自然主義者は、彼らが寄り集まった会合の場によって定義される（たとえば、一八七一〜七五年のフロベールのサークル、一八八〇年頃のメダン、一八八五年以降のオートウィユの「屋根裏」、あるいはさらに、より分析の難しい指標となるが、エドモン・ド・ゴンクールの死の前後において、随時入れ替わるアカデミー・ゴンクールの構成メンバー……）。あるいは、肯定的なものであれ否定的なものであれ、彼らが加わっていた象徴的な出来事によっても定義されよう（一八七七年四月のトラップ亭での夕食会、『メダンの夕べ』の出版、「五人の宣言」の論争。あるいはジュール・ユレのアンケートであり、これは一八九一年に、「自然主義」および「ネオ＝レアリスト」とみなされていた作家のリストを提示している）。

——思想的・社会学的基準。自然主義作家は、同じ種類の社会的出自、似通った知的形成過程、文学キャリアについての類似の概念を持つ点で共通している。その特徴は、先人たち（ロマン派や高踏派）と同時に、競争相手（象徴派や心理派）とも、彼らを区別するものである。[1]

（1）詳細については、クリストフ・シャルル『自然主義時代の文学的危機』エコール・ノルマル・シュペリュール出版会、一九七九年および、ルネ＝ピエール・コラン『ゾラ、背教者と支持者』リヨン大学出版会、一九八八年参照。

これらの基準をもとにして作られた次の表は、最も有名な者の名前をグループ化し、世代による年代的区分けと、グループの社会学的区分けを組みあわせることで、それらの名前を配置しようとしたものである。「大家」たちないし創始者たちの後に二つの集合が区別され、それが『メダン』の仲間の集団と「五人の宣言」の集団である。そこへ、検討対象としている時期の最後の位置に、「ナチュリスム」を主張した作家の流派を付け加えることができるだろう。それぞれの集団は厳密に閉じられているのではない。それぞれのグループにリーダーと周辺に位置する者とがおり、忠実な者と異分子とが存在している。したがってある種の作家もこのリストに加わっているが、その者が自然主義の運動に加わっていたかどうかという点については異論もありうるだろう（ジュール・ヴァレス、ポール・アダン、ジュール・ルナールのように）。しかし、こうした周辺部を考慮しないとすれば遺憾であろうし、周辺部もまた、その限界を画定しているという意味で、十九世紀末における自然主義の重要さを指し示すものなのだ。

一　「大家」たち

ギュスターヴ・フロベール（一八二一～八〇年）――エドモン・ド・ゴンクール（一八二二～九六年）――ジュール・ド・ゴンクール（一八三〇～七〇年）――アルフォンス・ドーデ（一八四〇～九七年）――エミール・ゾラ（一八四〇～一九〇二年）

ジュール・ヴァレス（一八三二～八五年）――アンリ・ベック（一八三七～九九年）

二　『メダンの夕べ』の世代

ポール・アレクシス（一八四七～一九〇一年）――ジョリス＝カルル・ユイスマンス（一八四八～一九〇七年）――レオン・エニック（一八五〇～一九三五年）――ギ・ド・モーパッサン（一八五〇～九三年）――アンリ・セアール（一八五一～一九二四年）

オクターヴ・ミルボー（一八四八～一九一七年）――ロベール・カーズ（一八五三～八六年）

三　「五人の宣言」の世代
J・H・ロニー（一八五六〜一九四〇年）――ポール・ボンヌタン（一八五八〜九九年）――ギュスターヴ・ギッシュ（一八六〇〜一九三五年）――ポール・マルグリット（一八六〇〜一九一八年）――リュシアン・デカーヴ（一八六一〜一九四九年）
ジョルジュ・アンセー（一八六〇〜一九一七年）――ルイ・デプレ（一八六一〜八五年）――ポール・アダン（一八六二〜一九二〇年）――ジュール・ルナール（一八六四〜一九一〇年）
四　「ナチュリスト」の世代
サン゠ジョルジュ・ド・ブエリエ（一八七六〜一九四七年）――モーリス・ル・ブロン（一八七七〜一九四四年）――ウージェーヌ・モンフォール（一八七七〜一九三六年）

I　自然主義作家の社会学

文学キャリア

自然主義作家は、文学市場が著しく成長する様を目のあたりにした時代の子らである。公教育の発展は読書の世界に新しい公衆をもたらし、新聞・雑誌はタイトルと部数を増やし、出版社は続々と増えていった。文学の精神は民主化し、作家の地位も同様であった。文学の世界に身を投じるのに個人の財産を所有している必要はもはやない。自分のペンで生きることができる（少なくともそれを試みることはできる）ようになったのは、ジャーナリズムのおかげである。

年長者にとっての王道を意味していた詩を捨てて、自然主義者は小説と、付随的に演劇とを選んで身を立てようとした。しばしば、彼らの社会的出自は慎ましいものであった。彼らは小ブルジョワ階級に属していたのである。自然主義作家の典型は、地方出身者がパリに上京し、高等教育は受けず、生活のために平凡な勤めを受け入れる、というものだ。名を売るために新聞に寄稿し、最初の短編集や長編小説による成功を期待するのである。

いくつかの例を挙げよう。アレクシスはエクス＝アン＝プロヴァンス、モーパッサンとミルボーはノルマンディーの出身であり、ポール・ボンヌタンはガール県、ギュスターヴ・ギッシュはロート県、ルイ・デプレはオート＝マルヌ県に生まれた。『メダンの夕べ』寄稿者の大半はパリの省庁で役人を勤めていた。モーパッサンは海軍省、ユイスマンスは内務省、セアールは国防省（後にカルナヴァレ図書館の司書の地位を得る）。リュシアン・デカーヴ、ギュスターヴ・ギッシュ、ポール・マルグリット、サン＝ジョルジュ・ド・ブエリエも同様に、少なくともデビュー当時には、「小役人」のわびしい生活を経験したのだった。

最後に思い出しておこう。「自由劇場」の創設者アンドレ・アントワーヌは、もともとガス会社の慎ましい勤め人だったのである。

この点で示唆に富むのはドーデ、あるいはゾラの経歴である。ともに田舎で青春時代を過ごした。ドーデはニーム、次にリヨン、ゾラはエクス＝アン＝プロヴァンスである。金銭に困るがゆえに学業は難しかった。ゾラは七歳で父を亡くし、バカロレア（大学入学資格試験）に失敗し、一八六二年にアシェット書店に入社、宣伝主任になった。ドーデはアレスの中学校で生徒監督の仕事に就き、それからパリで苦しい生活の後、一八六〇年、モルニー公爵の秘書になるという幸運を得た。ゾラはジャーナリストとして少しずつ頭角を現し、リヨンの『公安』紙や、『事件』、『論壇《トリビュンヌ》』、『国の未来《アヴニール・ナシオナル》』紙の文学・演劇批評（一八六五〜七三年）を担当し、『挿絵入り事件《エヴェヌマン・イリュストレ》』、『論壇』、『警告《ラペル》』、『鐘《クロッシュ》』紙などに時評文（一八六八〜七二年）を掲載した。ドーデもまたジャーナリズムのおかげで最初の成功を得る。『万物の助言者《モニトゥール・ユニヴェルセル》』紙に『プチ・ショーズ』（一八六六〜六七年）を連載、そしてとりわけ『事件』、『フィガロ』紙に掲載した『風車小屋だより』（一八六六〜六九年）によって有名となったのだった。

新聞・雑誌と出版者の役割

同時代の作家皆と同様に、自然主義者は新聞界が提供する手段を活用する術を知っていた。それはジャーナリスト（定期的ないし一時的な寄稿）として、また小説家としてでもあって、つまり自分の作品を連載形式で新聞に発表し、それから単行本を出版する。『民衆生活《ヴィ・ポピュレール》』誌や『ジル・ブラース』紙などは、モーパッサンやゾラの作品を幅広く受け入れた。一八七六年から一八八〇年のあいだは『公益《ビヤン・ピュブリック》』や『ヴォルテール』紙によって、一八八〇年から一八八一年のあいだと一八九五年には『フィガロ』紙によって提供された記事の場で、連続的に、ゾラは自然主義のための論陣を張ることができた。とはいえ、『メダンの夕べ』の世代や、その後の世代の者が、新聞界に長く根を下ろすということはなかったし、真に自然主義的な機関誌を創設することもなかった。その点で象徴主義に起こったこととは相違が認められる。多数の「小雑誌」が発展することで、象徴主義の運動は成功を勝ち得たのである。自然主義の影響下にある小雑誌（『レアリスト誌《ルヴュ・レアリスト》』、ヴァストとリクアール[1]によって一八七九年発刊、『現代自然主義誌《ルヴュ・モデルヌ・エ・ナチュラリスト》』、アリー・アリス[2]によって一八七八～八〇年刊行）の存在は束の間のものだった。一八八〇年、ユイスマンスによって企てられた『人間喜劇』の計画は頓挫した。

（1）ラウル・ヴァスト（一八五〇～八九年）とジョルジュ・リクアール（一八五三～八七年）。小説家。ゾラや自然主義グループとの差異を際立たせるために「レアリスム」の概念を持ち出した。共同で執筆した小説に『年増の娼婦』（一八八一年）、『処女』（一八八四年）など〔訳注〕。

（2）一八五七～九五年。小説家、批評家。自然主義青年たちと交流し、モーパッサンの親友だった。小説に『腹切り』（一八八二年）や『小都市』（一八八六年）など。後に植民地政策に関心を持つが、決闘で命を落とした〔訳注〕。

反対に、いくつかの出版者の支持と忠誠は、自然主義小説の発展に大いに貢献した。とくにジョルジュ・シャルパンチエ[1]という人物に注意を向ける必要がある。彼はフランスの出版界で最初に小型廉価版を世に出した。それが黄色い表紙の有名な「シャルパンチエ叢書」で、三・五〇フランで販売された。この版型で、彼はゴンクールや『メダン』の作家たち、そしてとりわけゾラの作品を出版したのであり、ゾラは終世、彼と深い友情で結ばれていた。次の名前も挙げておこう。ピエール＝ヴィクトル・ストック[2]は、一八八五年からユイスマンスとエニックの出版者になった（後にはドレフュス派の主張を支持した）。アルベール・サヴィーヌ[3]は一八八六年に「パリ新書店」という書店を手に入れ、自然主義に好意的な出版者となった。そしてとりわけ大事なのは、ベルギー人のアンリ・キステマエッケル[4]であり、ブリュッセルに身を置き、デビューしたての若者に好意的だった点で重要である。彼はロベール・カーズ、ルイ・デプレ、リュシアン・デカーヴの最初の作品を受け入れたのだが、モーパッサン、アレクシス、エニック、ゴンクール兄弟のいくつかの作品も出版した。

（1）一八四六〜一九〇五年。一八七一年、父親から書店を引き継ぐ。ゾラと長期契約を結び、一八七〇年代の彼の経済的安定を助けた。『メダンの夕べ』もシャルパンチエ書店から出版された〔訳注〕。
（2）一八六一〜一九四三年。一八七七年、叔母から書店を引き継ぐ。ドレフュス事件に際しては、ドレフュス派を擁護する多数の書籍を出版したことで知られる〔訳注〕。
（3）一八五九〜一九二七年。反ユダヤ主義の書籍の出版で知られるが、自身は翻訳者としてイギリス文学などの普及に努めた〔訳注〕。
（4）一八五一〜一九三四年。亡命したパリ・コミューン闘士の著作を皮切りに、社会主義的・反教権主義的な書物を出版。ポルノグラフィックな書籍も手掛け、度々裁判所に出頭した〔訳注〕。

グループの形成

自然主義は一つの流派ではない。つまり、首領が存在せず、自由を保持する個々人が集まったものである。このような認識は、ゾラの理論的文書の中で繰り返されており、自然主義の運動がみずからの核とした精神のありようを要約して示すものである。〈流派〉の概念に対置されるのは〈グループ〉とか友人の「一団」といった概念であり、この仲間は助けあい、芸術における栄光という希望をともに抱く。「われわれの唯一の関心は、われわれの友情を公に明言することにあったのだ」と、『メダンの夕べ』の序文は宣言している。同じような考えが、『制作』の一節で表明されている。ゾラがクロード・ランチエやピエール・サンドーズの周囲に集まってきた芸術家のグループを描く場面である。

何物もまだ彼らを引き離していなかった。気づいてはいない深いところでの相違も、いつかはぶつかりあうライヴァル心も。一人の成功は、他の者にとっても成功ではないだろうか？　彼らの青春は沸き立ち、彼らは献身に満ち溢れていた。連隊を作って天下を征服しよう、そのためにそれぞれが自分の力を寄せあい、相手を押しやって、一団は横並びに一挙に到達するのだ、という永遠の夢を再び見始めていたのだった（『制作』、第三章）。

女性は排除された男だけの理想の共同体、独身者や青年だけの世界を実現しようと望みながら、グループはあらゆる美学上の問題に熱狂し、時には混乱し矛盾するような議論をする（ゴンクール兄弟の『日記』を読むとよく理解できる）。このグループは、固い友情で結ばれた数人の友人を中心に形作られる。その数は、五人（自然主義の歴史では鍵となる数。「野次られ作家の夕食会」の五人の著者や、ゾラの周囲に集う五人の『メダンの夕べ』の作家たち、あるいは有名な「五人の宣言」で反乱を起こした弟子たち）から最高で一〇人（アカデミー・ゴンクールのメンバー数）である。では、グループの存在条件はどのようなものだったのだろうか？

——まず、一つにまとまるための計画があり、それは一時的なものでもありうるが、一つの重要な行為を中心に個々人を集める。祝賀行事であれば真面目さとアイロニーが混ざりあう（野次られ作家の夕食会や、トラップ亭の食事会……）。宣伝目的の挑発的な宣言は、出現（一八八〇年の『メダンの夕べ』）や、拒絶（一八八七年の「五人の宣言」の論争）、あるいは再生（一八九七年のナチュリスム宣言）に言及する。また、すでに聖別化されている組織に対抗する機関の創設（アカデミー・ゴンクール、「自由劇場」、ナチュリストの「美学学院」）がある。

——次に、象徴的な一つの場があり、知的役割と日常的親密さとを結びつける。決まった日時に、そこで顔をあわせるのである。師の家の客間（ミュリロ通りのフロベール）、芸術家の屋根裏部屋（オートゥイユのゴンクール家）、あるいは作家の隠棲先（セーヌ川沿いのメダン）……。

『メダンの夕べ』

ゾラと彼の弟子たちによって一八八〇年四月に出版された有名な作品集は、その成功の多くの部分を、ゾラが自分の作家像の周囲に作りあげた一つの場に負っている。すなわちメダン……。

まずいくつかの日付を思い出そう。一八七八年五月、ゾラはメダンの地に慎ましやかな「あばら家」を購入する。メダンは、パリ近郊のトリエルとポワッシーのあいだに位置する小村である。最初の改築作業がすぐに始まる。夏の始め、七月に、モーパッサンとエニックが一艘のボートを漕いで持って来ると、それに「ナナ」という名が付けられる。そのボートのおかげで、領地の正面、セーヌ川に浮かぶ小島まで散策に出かけられるようになった。十月から十二月にかけて、大きな四角の塔が、元からあった小さな家の脇に造られる。上の階は広大な書斎で占められるだろう。一八七九年二月、書斎が完成する。巨大な暖炉が据えつけられ、そこに有名な標語 Nulla dies sine linea（一行も書かない日は一日もなし）が掲げられることになった。

『メダンの夕べ』の背景がこうして整った。書物の刊行直後に、モーパッサンは『ガリア人《ゴーロワ》』紙に載せた記事の中で、次のように起源を語るだろう。

夏、メダンに所有のゾラの家にわれわれは集まりました。（中略）ある日には釣りをしました。エニックは腕前を披露し、ゾラをがっかりさせたものです。彼にはぼろ靴しか釣れないのでした。

私はボート「ナナ」号の底に横になったり、あるいは何時間も泳いだりしました。その時、ポール・アレクシスは際どい想像をしながら歩き回り、ユイスマンスは煙草を吸い、セアールは退屈し、田舎は馬鹿げていると思うのでした。

そんな風にして午後が過ぎます。けれど夜が素晴らしく、熱気がこもって、木々の葉の香りに満ちた頃には、毎晩、正面の「大島」に散歩へ出かけました。

私は皆を「ナナ」で運びました。

さて、ある満月の夜、われわれはメリメの話をしていました。彼について奥様がたは言ったものです。「なんて魅力的な短編作家でしょう!」ユイスマンスは大体、次のように言いました。「短編作家とは、書くことを知らないで無駄話を気取ってしゃべり散らす男さ」

あらゆる有名な短編作家が引き合いに出され、生き生きとした声で語る者が褒めそやされましたが、中で最も優れているのは、われわれの知る限りでは偉大なロシアの作家トゥルゲーネフ、ほとんどフランス人であるあの大家です。ポール・アレクシスは一編の短編を書くのはとても難しいと主張しました。懐疑家のセアールは月を眺めながら呟きます。「ほら、美しくロマンチックな装飾だ、あれを利用しなければならないだろう……」ユイスマンスが付け加えました。「……感情溢れる物語を語るならね」けれどゾラはそれは一つの思いつきだと考え、それぞれ物語をするべきだと言いました。その発想はわれわれを笑わせ、そして困難を増やすために、最初の者の選んだ枠組みを他の者も採用し、そこで別の出来事を繰り広げるようにという合意がなったのでした。座りに行くと、まどろむ田園のゆったりした休息の中、眩い月明かりの下で、ゾラは戦争についての不吉な物語の恐ろしい一頁をわれわれに語ったのです。それが「水車小屋の襲撃」でした。

彼が語り終えると、皆が叫びました。「それを早く書かなければ」

彼は笑い出しました。「もう出来ているのさ」翌日が私の番でした（『ガリア人』紙、一八八〇年四月十七日）。

実際には、この文学的な物語はまったくの想像によるものである。作品集のアイデアは一八七九年十月末か十一月初めに、メダンではなくパリで生まれた。選ばれたテーマ、一八七〇年の戦争は、公衆の関心を惹きうる主題だった。別の状況が優位に作用した。つまり、ゾラ、ユイスマンス、セアールの提出した小説は、すでに外国の雑誌に発表されたものだった。後は残る三人が仕事にとりかかるだけでよい。一八八〇年初頭、自然主義グループの定期的会合の中で、作品集の構成は最終的に決定されたのである。

モーパッサンが語った物語、とりわけメダンの存在が、「夕べ」にまつわる文学的伝説が事後的に広まってゆくのを許すことになった。それというのも、公衆や批評家にとってメダンは理想的な場所、ある神話的空間として思い描かれたからである。書斎での蟄居とピクニックの自由さとのあいだにあって、文学創造を可能にする場という風に。

グループの解体

ライヴァル関係を生む不安定な人生というものは、友情が結びつけたものを容易に解体しうるだろう。ある意味において、グループの解体は、人間同士の連帯の必然的な進展の内にあらかじめ書き込まれている。そして、いくつもの現象が、分裂と否認のエピソードを際立たせるのに寄与したのだった。

最初に、文学的危機という現象について記さねばならない。それが十九世紀の最後の十五年間を特徴づけているのである。文学の世界にデビューしてくる者の数はたえず増加し続け、文学市場の縮小は、作家同士の競争を熾烈なものにした。公衆の興味を惹きつけうる文学的テーマは、突然、その数が限られていると思われるようになった。したがって、頻繁に剽窃が疑われるようになる。ある者にとってはそれが妄執と化す。たとえばゴンクールは、『ルーゴン＝マッカール叢書』の成功が大きくなるにつれて、ゾラに対してその種の批判を繰り返すようになり、このライヴァルの内に「文学における靴底張り替え職人」(『日記』、一八八六年四月五日)[1]しか認めなくなる。みずからを刷新しようとする者にとっては袋小路だ。彼らには自然主義美学が空転しているように見える。それが、一九〇三年において、『さかしま』出版前後の数年を振り返った際に、ユイスマンスが行なった分析である。

(1) この日の記述で、ゴンクールはゾラの『制作』が自分たちの『マネット・サロモン』の剽窃だと非難している〔訳注〕。

『さかしま』が世に出た年、つまり一八八四年の状況とは以下のようなものだった。自然主義はひき臼を同じように回し続けて息切れしていた。各人が蓄えた観察は、自分自身によるものであれ他人についてのものであれ、品切れになりつつあった。ゾラは見事な劇場装飾家であり、多かれ少なかれ正確なキャンバスを素描することでそこを切り抜けていた。（中略）だがゾラはゾラであり、つまりはいくらか鈍重だが力強い肺と太い手首を持った芸術家である。われわれ他の者は、それほどがっしりしておらず、より繊細でより真実の芸術に関心を持つ者として、自問せずにはいられなかった。自然主義は袋小路に入り込み、もうすぐ突きあたりの壁にぶつかるのではなかろうかと（『さかしま』、一九〇三年版序文）。

以上のことに加えて、世代間、大家と弟子のグループ間の対立がもたらす問題もある。一方の栄光は、自動的に他方をも成功に導くものではない。そして弟子たち、すなわち批評家が馬鹿にして「小」自然主義者、さらには「悪意ある」自然主義者と呼ぶ者たちは、騙され、捨てられたと感じるのである。時には二級の地位にいつまでも格下げされていると思い、時には、援助を求めたが何も応えてもらえなかった新人の孤立を体験することを通して。先に成り上がった作家の高邁であからさまに道徳家風の態度を批判するべきであろうか（ゾラもこの非難から逃れられないだろうが）？　あるいは模倣者の凡庸さをこそ指摘するべきか？　おそらく、どちらの側にも間違いがあるのだろう。それにしても残念なことには、こうした誤解が一八八四年から一八八五年以降に拡大し、自然主義運動から決定的に活力を奪ってしまうのである。

II　自然主義の各世代

大家たち

第三共和政下の最初の数年において、フロベールは生まれたての自然主義にとっての精神的指導者だった。文学におけるレアリスムの信奉者は、一八六九年に刊行された『感情教育』を傑作とみなしていた。この失敗と幻滅についての小説が、逆説的にも若い世代を触発し、美学的希望を抱かせたのである。フロベールの人となりをこそ、「野次られ作家」の夕食会で、ゴンクール、ゾラ、ドーデ、トゥルゲーネフは褒め称えた。一八七七年四月、有名なトラップ亭の夕食において皆が集まったのは、フロベールを囲むためだったのだ。

だが、ある運動が確固たるものになるにはスポークスマンが必要である。フロベールは理論家になることも、流派の頭首になることも拒んだ。ゾラがその役を買って出る。『居酒屋』の成功と、『公共の富』や『ヴォルテール』紙の評論によってもたらされた権威とに自信を持っていたからだ。こうしてメダンのサークルが生まれ、その名の周りに新しいエネルギーを集結させる。フロベールの周りに集まっていた五人組に加えて、新しい五人のグループ（ユイスマンス、モーパッサン、セアール、アレクシス、エニック）が誕生する……。こうして自然主義運動は次々とサークルを増やしていくことになる。

一八八〇年五月のフロベールの死去（一八八三年のトゥルゲーネフの死去がそれに続く）によって、ゾラ、ドーデ、ゴンクールが面と向かって顔をあわせることになる。彼らは一つに結ばれている、と『フィガロ』紙の批評家アルベール・ヴォルフは一八八四年に強調している。

自然主義者と呼ばれる作家のサークル内では、仲間同士の内戦は無縁のものである。最も若かったアルフォンス・ドーデとエミール・ゾラがフロベールの旗下に集まった最初の頃から、この文学的兄弟愛は一瞬たりと否定されたことがない。（中略）こんにち、この自然主義の小教会にはもう三人しか残っていない。ゴンクールが最高権威の聖職者であり、若き司祭のモーパッサンは、将来、重要な人物になると言われている（「パリ通信」、『フィガロ』紙、一八八四年六月二十日）。

しかしながら、潜在する競合関係はやがて表面化する。メダンのグループの形成は、エドモン・ド・

ゴンクールを犠牲にして成されたのである。ゴンクールは自分の知的卓越性に異議を差し挟まれるのには我慢できず、『ルーゴン＝マッカール叢書』の著者が占める第一線の地位を、決して認めることがなかった。一八七九年に、彼はすでに『日記』に書きつけている。

ゾラには若く忠実な者たちがいて、その上、この抜け目ない作家は彼らの賞讃、熱狂、情熱の炎を維持し、掻き立てている。外国へ書簡を授与してやり、自分が主として君臨している新聞に潜り込ませて儲けさせてやり、仕舞には純粋に物質的な手助けもしてやる有様だ（『日記』、一八七九年五月二十八日）。

彼もまた、自分の弟子を欲しがる。一八八五年に「屋根裏」を開き、自分のもとにユイスマンス、エニック、セアールを引き寄せ、ロベール・カーズを支援し、新世代の作家たちをゾラよりも気前よく迎え入れる。この頃のゾラは自分自身の殻に閉じこもりがちだったのである。ドーデと共謀して、おそらくはゴンクールがこっそりと「五人の宣言」の作成者たちを唆したか、少なくとも彼らの行為を黙認した。彼自身は『日記』の中で自己弁護しているとしても（一八八七年八月十八日）、誹謗文書の署名者の内の四人は、当時「屋根裏」に通い始めていたのである。多かれ少なかれ周知のライヴァル関係、友情に基づくという公の抗議の陰にあまりうまく隠れているとも言えない嫉妬の念……。ゴンクール＝ドーデ一派は次第にゾラと対立してゆき、ゾラの側では、一八八九年以降繰り返されるアカデミー・フランセーズへの立候補によって、昔の仲間を憤慨させることになる。対称的で敵対的な二つの祝宴は、一方は一八九三年にゾラを賞讃し、他方は一八九五年にエドモン・ド・ゴンクールを称えたが、これはこの対立を象徴するような出来事である。それにもかかわらず、一八九六年七月にはゴンクールの墓前で、一八九七年十二月にはドーデの墓前で、ゾラは思い出と友情と、ともに戦った文学的闘争の名において、彼らの追悼演説を行なうだろう……。

『メダンの夕べ』の世代

共同の短編集の出版によって突如有名になった『メダンの夕べ』の青年作家たちは、一八八〇年四月には一体感と共通の野心を宣言していた。しかし実際のところは、彼らはそれぞれすっかり異なっていたのである。文学キャリアに最も深く参入していたのはユイスマンスであり、彼は一八七六年に『マルト』、一八七九年に『ヴァタール姉妹』をすでに上梓していた。セアール、エニック、アレクシスはむしろ新人の地位におり、モーパッサンはいささか距離を取り、詩人としての将来を夢見ていた……。

数年後には、それぞれの道は目にみえて変化している。ユイスマンスは疑念と悲観主義に捕われた作品を追及するという困難な道を進んだ。彼は一八八四年に『さかしま』によってようやく名声を手にした後、文学の場から次第に遠ざかり、一八九二年にはカトリックに改宗、孤独な努力の中に沈潜してゆく。反対にモーパッサンは、ただちにパリの文壇で最も注目すべき作家の一人として認められるようになる。一八八〇、一八八一年から、定期的に時評文や短編小説を『ガリア人』、『ジル・ブラース』、後には『フィガロ』、『パリの噂』といった新聞に掲載する。彼の文学作品の生産力は驚くべきものであり、一八八一年から一八九〇年までに、一五の短編集、六編の長編小説などを刊行する。セアールとアレクシスは、基本的にジャーナリズムや批評の仕事に専念し、一方でエニックは、戯曲の内に新たなインスピレーションの源泉を追い求めてゆく。

メダンのグループは一八八五年から解体してゆく。一方の成功、他方の失敗あるいは無力さがその進展の方向を決定づけた。とはいえ、それでも友情は残っていて、さらに何年かは存続することとなり、長編小説・短編小説の外での共同の体験が、演劇やジャーナリズムの領域において自然主義の存在を確立することとなるだろう。

演劇においては、セアール、アレクシス、エニックがオリジナルな作品を発展させようと努め、ゴンクールやゾラの小説をもとにして、とりわけアントワーヌの「自由劇場」の場で、舞台翻案の重要な仕事を達成してゆく。

ジャーナリズムに関しては、ユイスマンスが芸術批評で、モーパッサンは時評文執筆の天分のおかげで、それぞれ重要な地位を占めるようになったことが知られている。だがアレクシスやセアールの演じた役割も重視するべきであり、彼らは生涯にわたって複数の日刊紙や多数の雑誌に寄稿し続け、議論の余地のない権威を獲得していたのである。

ポール・アレクシスは自然主義を擁護することに全精力を注いだ。彼の手になるゾラの伝記(『エミール・ゾラ　一友人の手記』、シャルパンチエ書店、一八八二年)は、こんにちでもなお『ルーゴン=マッカール叢書』の著者を知るための主要な情報源の一つである。彼のジャーナリスティックな仕事のオリジナリティは強調されてしかるべきだ。『ジュルナル』や『目覚め《レヴェイユ》』紙の寄稿者、ヴァレス主幹の『民衆の叫び《クリ・デュ・プブル》』紙の注目すべき書き手として(そこに彼は一八八三年から一八八八年まで「トリュブロ」という筆名で執筆した)、アレクシスは特別に文学的なジャーナリズムという理想を擁護し続けた。時評文の新しい形態を夢想し、「未来の新聞において、政治は、それが民衆の生活において占めている位置だけを占めるようになり、哀れにも『スポーツ』欄と『広告』欄のあいだに格下げされる時代」が到来するのを期待していた(『朝《マタン》』紙、一八八四年八月十七日)。

アンリ・セアールの生涯もまたジャーナリズムと文芸批評に費やされた。多作とはいえない小説家であった彼は、そうした分野に自身の創作意欲の大部分を注ぎ込んだのである。長期にわたって、彼はゾラの最も近しい協力者であり、書評の執筆を助けたり、仕事のためのメモを提供したりしていた。たとえば彼にクロード・ベルナールの『実験医学研究序説』を教えたのもセアールであり、そこから『実験小説論』が生まれることになった。ゾラ、ドーデ、ユイスマンスについて彼が記したものは、著者をして同時代の中で最も明晰な自然主義についての歴史家とみなさせるものである(とりわけ、ピエール・コニー編集の『親密なユイスマンス』、ニゼ書店、一九五七年を参照のこと)。

最終的に『メダン』の作家についてまわった強迫観念は、自分が弟子でしかなく、劣位に閉じ込められ、反復することしかできない、といったものであったろう。一人アレクシスだけは、ゾラに対する深い友情に支えられて、幸福な弟子であるということに満足していられたのであった。

「五人の宣言」の世代

一八八七年八月、『大地』に反発して、ポール・ボンヌタン、リュシアン・デカーヴ、J・H・ロニー、ポール・マルグリット、ギュスターヴ・ギッシュに過激な記事を書かせるに至った、深いところにある彼らの動機について長々と注釈することは、おそらくは無益なことであろうし、その際にゴンクールとドーデによって演じられた陰の役割についてとやかく言うことも同様であろう……。ある意味で「宣言」の文言は、それが公然と告白していることのほうが、その隠された動機よりも興味深いものである。何故なら、ゾラに投げつけられた惨めな糾弾の言葉を取り払ってみさえすれば、「宣言」のメッセージは明確であるからだ。そこに表明されているのは、以前は親しかったが、もう期待に応えてくれなくなった師を前にしての、若い世代の失望と悲嘆である。

少し前まではまだ、真剣な非難を受けることなどなく、自分は若い文学者とともにいると、エミール・ゾラは書くことができていた。だが『居酒屋』の登場から、自然主義の土台を強固なものとした激しい論争からわずか数年しか経っていないのに、上昇する新世代は反抗を意図するに至ったのである。（中略）われわれの抗議は、師の錯誤と同一視されることから、良いものであれ悪いものであれ自分の作品を守りたいと思う青年たちの誠実さからの叫びであり、良心の導きの声であるのだ。

「五人」によって提起された問題とは、文学における後裔という問題であり、それは『メダン』の作家たちがすでに味わっていた感情とも結びつくのであるが、ここではそれが、文学的危機のゆえに一層困難となっていた新人の立場が理由で、より深刻なものとなっているのである。自然主義との離縁であるよりも、「宣言」は「五人」にとって、みずからの道を見出だそうと努める新世代の自立を確立し、自分たちが存在し続けるための、宣伝目的があるにしてもそれと同程度に知的かつ精神的な一つの試みだったのである。

新しいグループがかくして形成された。ジュール・ユレによって「ネオ＝レアリスト」と呼ばれたボンヌタンとその仲間は、疑いなく伝統的「自然主義者」とは区別される。彼らの文学的ヴィジョンは『メダン』の作家たちのものとは異なっている。ボンヌタン（一時期『フィガロ』紙の編集助手を務めていた）とロニーのいくつかの試みにもかかわらず、先行世代とは違って、彼らは理論的問題に対して一種の侮蔑の念を表明する。彼らを特徴づけているものとは、小説が秘めるあらゆる潜在的可能性を探求しようとする意志である。小説家という職業を真剣に受け止め、驚くべきエネルギーでもってそれを実践した。この観点からすると、彼らの小説制作はその多量さと多様さの点で、『メダン』の作家たちと比べた時に目を見張らせるものがある。デカーヴ、マルグリットやロニーの作家としてのキャリアは数十年に及び、その結果、膨大な量の小説が書かれ、美学的にも多種多様な方向性を網羅している。加えて共同制作が、ロニーやマルグリットの作業効率をさらに高めたのである。彼らは、ゴンクール兄弟によって実践された二人の手になる執筆という文学的理想を、再び蘇らせようとしたことで知られている。ジュールとエドモンの兄弟から二〇年後に、ロニー兄とロニー弟の同盟は一人の「J・H・ロニー」の内に混じりあい、ポールとヴィクトルのマルグリット兄弟とともに、文学的模倣の驚くべき事例を提供している。ごく自然な流れから、最高の褒章として、彼らはアカデミー・ゴンクールに迎えられることになった!

こんにちでは、ロニーの後期の作品だけが興味をひくものであり、再版も行なわれている。とりわけ、先史時代を描くものとSF小説の作品群であるが、そこには自然主義の遠いこだまを見出だすことができよう。科学的夢想に還元され、生物の進化というダーウィン的思想に取りつかれたこだまである。しかしながら、他にも再発見に値する作品がある。おそらく、あまりに時代を感じさせるテーマと手法の積み重ねによって、いくつかのものは戯画のように捉えられることだろう。たとえばボンヌタンの有名な『シャルロは楽しむ』が、まさに病理学的自然主義のアンソロジーであるかのように……。だが他の所に、輝かしい多くの頁を見出だすことができる。たとえば、ロニーの『両面』の中には、『ジェルミナール』を思い出させるような抒情性がある。デカーヴの『下士』には『壊滅』にも劣らない勇敢さを示す箇所があり、『性悪女』には最良のユイスマンスに匹敵するインスピレーションを認められる。ボンヌタンの軍隊生活を描く短編小説は、ドーデやモーパッサンのものとの比較に耐えるだろう。加えて、真にオリジナルな作品が存在し、ロニーの『白蟻』は文学生活についての覚めた描出であり、デカーヴの『閉じ込められた者たち』は盲人の世界を描き、ボンヌタンの『阿片』は植民地のインドシナを描いている……。模倣者の文学？　おそらくは。だがあまりに性急に断罪するのは誤りというものであろう。

「ナチュリスト」の世代

「五人の宣言」の著者たちのように、サン＝ジョルジュ・ド・ブエリエ、モーリス・ル・ブロンや、彼らを囲んだ一八九五年から一九〇〇年のあいだの若い詩人たちも、自分たちの世代の知的独自性を主張し、直前の先行者と対立することを通して、文学の世界に産声をあげた。詩の形式に優先的な価値を与える点で、彼らは象徴主義の場に属していたのだが、その場を否定し、その秘教主義や、エクリチュールについての人為的な概念を批判した。反対に、彼らは生命に向かって開かれた文学という理想と、国家的英雄主義の価値を称揚した。「ナチュリスム」の語は目印として彼らの役に立つものだった。この語を選択することで、当然の如く、自分たちを自然主義《ナチュラリスム》と隔てる点を強調しようとしている。

観察よりも感情を重視する点で、ナチュリスムは自然主義と対立する。正確な資料収集を犠牲にしてでも、永遠不変な光景に一層の価値を認める。それは絵画性には劣るがより崇高であり、個人よりも原型を貴ぶ。したがって、ナチュリスムは真の英雄を創り出し、同時に「叙事詩」へと到達するのである（モーリス・ル・ブロン、『ナチュリスム試論』、一八九六年）。

しかしながら、自然主義ではないとしても、その概念を受肉化させた者、すなわちゾラの方へと、彼らは次第に近づいていくことになる。ドレフュス事件がこの傾向にさらに拍車をかける。かつての『メダン』の作家の多くが反ドレフュス派（セアール、エニック、ユイスマンスの場合）であるのに対し、ナチュリストたちはゾラの行動を支持し、彼の周囲に集う。「私は告発する」の著者が一九〇二年に亡くなった時、サン＝ジョルジュ・ド・ブエリエとモーリス・ル・ブロンは作家の近親者の中にいた。翌年、彼らは最初のメダンへの「巡礼」を組織するだろう……。

したがって、小説家よりもむしろ詩人の中に、自然主義の概念の最後の支持者を見出だすことができるだろうが、その自然主義とは、抒情詩や叙事詩の息吹によって変化し、豊かにもなったものなのである。別の知的地平からやって来たがゆえに、サン＝ジョルジュ・ド・ブエリエやモーリス・ル・ブロンは劣等感情を抱くことのない弟子でありえたし、先行世代にとっては障害となった系統の孕むパラドックスを、ある仕方において解消しえたのであった。

Ⅲ　グループから離れて

独立した者、周辺の者

これらのグループの肖像の中で、それぞれの自立性を認めながらも、ジュール・ヴァレスやオクターヴ・ミルボー、ジュール・ルナールのような人物が自然主義に負っているものを強調しておかないのは遺憾であろう。

パリの文壇から亡命するように遠ざかったジュール・ヴァレスは、自然主義を『居酒屋』出版へと駆り立てた文学闘争とは無縁のままに終わった。だが前衛ジャーナリストとしての役割、ゾラやアレクシス（一八八三年から『民衆の叫び』紙の編集に関わる）との友好関係、最後に、『ジャック・ヴァントラース』三部作において、第二帝政下の世代の知的歴史を記述しようとした野心は、彼が、自然主義作家たちの場と知的に近い位置にいたことを示している。政治参加という問題について重要な対立があったとしてもである。

オクターヴ・ミルボーはヴァレスよりも直接的にメダンのグループと結びついていた。アレクシスやエニックと友人であり、一八七七年四月のトラップ亭での夕食会にも参加した。小説家となる前にジャーナリストであった彼は、妥協を許さない性格の持ち主であり、ゾラとの友好関係は波乱含みで、『ルーゴン=マッカール叢書』の著者の進歩を支持する時もあれば批判する時もあった。けれどもドレフュス事件に際しては、アレクシスとともに、支援者の中でも最も決然たる姿勢を示した。

ヴァレスやミルボーと同様に、ジュール・ルナールも自伝的で諷刺的な文学傾向を代表する作家であり、自然主義は彼に社会告発において精密であることを教えた。ほとんど字義通りの意味でのナチュラリスト（博物学者）であった彼の自然への愛情は、『博物誌』（一八九六年）などが証しているところである。そしてゴンクール流に、『日記』の中に同時代の知的社会についての容赦ない描写を残している。オートゥイユに集う先輩たちから手厳しく逸話を語る技法を学んだのであり、死後、時とともにその辛辣さが露わになっている。

おそらく、ロベール・カーズやルイ・デプレを「周辺」に位置づけるのはいささか残酷な振る舞いであろう。早すぎる死が、彼らが要求しえたであろう第一線の地位に到達するのを妨げたのである……。

一八八六年においてすでに多くの作品を著していたロベール・カーズは、ゴンクールやゾラの評価を得て、自然主義流派の期待の一人であったのだが、不幸にも、同僚のジャーナリストとの決闘によって命を落とした。

同じような宿命の犠牲者であるルイ・デプレは、「五人の宣言」の逸話には関わっていないが、その精神と文学についての見解において、ポール・ボンヌタンやリュシアン・デカーヴの世代に属する。その上、ボンヌタンやデカーヴ同様に第三共和政の「道徳秩序」の影響を被ることになり、アンリ・フェーヴルとの共著になる小説『鐘楼のほとりで』によって有罪宣告を受けた。彼は一八八四年に重要な歴史的考察『自然主義の進化』を出版し、総括を行なうと同時に、ブリュヌチエールが『自然主義小説』で表明したような公的な批評による糾弾に回答を試みている。彼の直観の最も優れた面は、自然主義美学についての幅広い視野に見られ、それは小説だけでなく、演劇や詩にもわたっているのである。確かに楽観主義的な見取り図であるが、その活気ある様は、未来における実現、すなわちアントワーヌの演劇実験や、ナチュリスムによる詩の試みを垣間見させるものである。

最後に、ポール・アダンの作品の持つ魅力を指摘しておこう。ロベール・カーズやジャン・モレアスの友人であり、『柔らかな肉体』や『ミランダの家での茶会』の著者は、流派の分裂と形式の融合の時代に属する作家の典型だ。象徴主義と自然主義のあいだに引き裂かれている彼は、あらゆる分類から逃れた存在である。

演劇の実験

二人の人物の名前が、自然主義演劇の試みた革新への努力を象徴している。すなわちアンリ・ベックとアンドレ・アントワーヌだ。

アンリ・ベックの事例はいささか特殊なものである。レアリスムの傾向を持つ演劇のための勇敢な戦いは、自然主義が擁護した美学革命の提唱者の一人に彼を位置づける。しかしながら、厳しく戒律を守る自然主義者たちと彼とのあいだでは、交流は決して生まれなかったのである。一八八二年の『鴉の群』や、一八八五年の『パリの女』は、ゴンクールにもゾラにも支持されなかった。ベックの側でもつねに独立した態度を保ち、演劇についてのゾラの理論を批判し、同時代の作家たちの知的生産物の凡庸さを主張し続けた。一八九三年に、みずからの文学営為の総括を行なう中で、彼は指摘している。

自然主義の小説家たちとわれわれとの同盟関係は最も危険なものであった。あれらの紳士、ゴンクール、フロベール、ゾラは、演劇を刷新することを約束していた。彼らの理論は素晴らしく、作品は実に平凡なものだった（『ジュルナル』紙、一八九三年七月十五日）。

反対に、アンドレ・アントワーヌは「自由劇場」立ちあげに際して、自然主義者たちの支援を受けた。第一回の上演は、一八八七年三月三十日、エリゼ＝デ＝ボザール通り三十七番地の小劇場で行なわれた。その夜の演目は一幕芝居四本だったが、その中にはデュランティ作、ポール・アレクシス脚色の『マドモワゼル・ポンム』、ゾラの短編に基づくレオン・エニックの『ジャック・ダムール』があった。三〇〇人ほどの観客だったが、中にはゾラ、ドーデ、マラルメ[1]がおり、量的な弱さを観客の知的な質で補っていた。この試みが成功するためには、アンドレ・アントワーヌの勇気と驚くべき大胆さが必要だったのであり、彼はこうしてほとんど資本もないままに、一人で演劇の世界に身を投じたのである。それでも、この文学的な一夜の密かな組織者としてのポール・アレクシスの手腕と世知があり、ゾラの友好的な庇護があった。

（1）ステファヌ・マラルメ、一八四二～九八年。詩人。一八八〇年代後半から、象徴主義を標榜する文学青年たちの尊敬を集めた〔訳注〕。

一八八七年から一八九六年までのあいだに、「自由劇場」は一一四人の著者による一二四の作品を舞台に乗せた。この文学的冒険は現代演劇史に甚大な影響を与え、それまでの演出手法を刷新した。アントワーヌによって、現実を正確に再現した舞台装置や、自然な動作で演じ、時には観客に背中を向けさえする俳優を、公衆は目にすることになった！　また公衆は、それまでフランスに知られていなかった外国の作家の名前を学ぶことにもなった。ハウプトマン[1]、イプセン[2]、ストリンドベリ[3]、トルストイ[4]、ヴェルガ[5]。そして、自然主義が真にヨーロッパ的な規模に発展することを可能にしたことこそが、「自由劇場」の最大の功績であるだろう。

（1）一八六二～九四六年。ドイツの劇作家。自然主義的な『日の出前』（一八八九年）や象徴主義的『沈鐘』（一八九六年）が名高い。『織工』（一八九二年）、『ハンネレの昇天』（一八九三年）が「自由劇場」で上演された〔訳注〕。

（2）一八二八～一九〇六年。ノルウェーの劇作家。社会的な作品によって近代演劇の父とも呼ばれる。『ペール・ギュント』（一八六七年）や『人形の家』（一八七九年）など。アントワーヌは『幽霊』（一八八二年）、『野鴨』（一八八四年）を「自由劇場」で上演〔訳注〕。

（3）一八四九～一九一二年。スウェーデンの小説家、劇作家。自然主義的作品『令嬢ジュリー』（一八八八年）が「自由劇場」に取りあげられた〔訳注〕。

（4）一八二八～一九一〇年。ロシアの小説家。『戦争と平和』（一八六三～六九年）など。アントワーヌは戯曲『闇の力』（一八八六年）を上演した〔訳注〕。

（5）一八四〇～一九二二年。イタリアの小説家。ヴェリズモ（真実主義）主導者の一人。「自由劇場」は戯曲『カヴァレリア・ルスティカーナ』（一八八四年）を上演〔訳注〕。

自然主義作家たちの社会において、アントワーヌの実験は新鮮な興奮を巻き起こした。それまで結果の出ないままだった概念や理論に実際的な現実性を与えた。『ランブラン氏』や『鰥夫《やもめ》学校』の作者ジョルジュ・アンセーのような若い才能を目覚めさせた。個人間のライヴァル関係を超越し、党派や集団を横断し、総合が可能となるような出会いの場を創り出したのである。自然主義のすべての世代がそこに顔を揃えた。ゾラ、ゴンクール、ドーデ、ベック、『メダン』の作家たち、「五人の宣言」の起草者たち……。束の間の夜々、しばしば失望に終わる試みであったが、その記憶はしっかりと残り続けるものであったのだ。

第四章　フィクションの技法

『自然主義の小説家たち』に収録されたフロベール研究の冒頭に、前の時代の小説と対比させる形で、ゾラは自然主義小説を規定する三つの特徴を挙げている。

『ボヴァリー夫人』が典型となるような自然主義小説の特徴の第一は、人生の正確な再現、小説的な要素の完全な排除である。作品の構成はもはや、情景の選択と、展開における調和のとれた秩序の中にしかない。情景はそれ自体は何であってもよい。ただ、著者はそれを入念に選別し、釣り合いを取り、作品を芸術と科学の記念碑に仕立てるのだ。（中略）

相違がより鮮明に識別できるのは、自然主義小説の第二の特徴においてである。ありふれた存在の通常の進展しか受けつけないのであれば、ついに小説家は主人公を殺してしまうだろう。（中略）作品の美はもはや一人の人物の成長にはない。登場人物が守銭奴、大食漢、好色漢であることはなくなり、吝嗇、大食、好色そのものとなるだろう。すべての細部があるべき場所、ただその場所だ

けを占めているような絵画の中に、美は存在している。（中略）

最後に、第三の特徴を強調しよう。自然主義小説家は、自分が語っている当の行為の背後に、完全に姿を消してしまおうと努める。彼はドラマの隠れた演出家なのだ。文の端に彼が顔を表わすことは断じてない。（中略）とりわけ芸術上の動機によって、彼は身を遠ざけており、自分の作品に非人称的な統一性、大理石の上に永遠に刻み込まれた調書のような性質を与えようとするのだ。

「芸術と科学の記念碑」を構成すること、「主人公を殺して」しまう小説を書くこと、非人称的な「調書」を作成すること、これらがすなわち、自然主義作家が従おうとする大原則である……。この分析の概要をさらに掘りさげることにしよう。

I　科学的小説

科学的であるという理想は自然主義小説家に、重要な資料収集を行なうことを要求する。作品の構成、描くべき情景の選択は、あらかじめ書類を作成することを想定しており、その書類とは、読書や実際に行なった調査から取られたメモを集めたものである。一個の物語の起源には「見たこと」と「読んだこと」の膨大な堆積が存在しているのである。

読書

最初の読書は文学的なものだ。どんな創作にも不可欠であり、それは本来の意味での資料収集には含まれず、むしろ着想を生み出す主題となる。これが、ゴンクール兄弟の『マネット・サロモン』やゾラの『制作』にとってのバルザックの『知られざる傑作』、セアールの『美しい一日』やアレクシスの『ムリヨ夫人』にとってのフロベールの『ボヴァリー夫人』である。これとは別に、二種類の情報源が基本的なものとして存在している。まずは新聞であり、小説家は記事を切り取り、分類する。新聞はたえず刷新される膨大な逸話の宝庫を提供している（たとえば、『判決録《ガゼット・デ・トリビュノー》』紙をゴンクール兄弟は体系的に調査して『娼婦エリザ』や『ジェルミニー・ラセルトゥー』を執筆し、ゾラはそこからいくつもの小説の想を汲み取った。とくに『ジェルミナール』や『獣人』がそうである）。そしてとりわけ専門書であり、小説作品に不可欠な、社会的・技術的・地理的な真実の要素をもたらしてくれる。

したがって、小説家は専門知識の普及に努める者であり、ある主題が選択されると、それについて可能な限りの知識を吸収しようと努力する。『娼婦エリザ』を準備するエドモン・ド・ゴンクールにとっては、売春や刑務所の監禁制度についての著作であり、『ジェルミナール』の仕事をするゾラにとっては、鉱山の世界についての経済的・医学的あるいは技術的概論であり、『さかしま』のデ・ゼッサントの知的世界を想像するユイスマンスにとっては、ローマ帝国衰退期に関する歴史研究である、等々。

これら学識に富んだ、ないしは技術に関する情報源は、小説家に科学的保証をもたらす。その情報源を隠すどころか、もし批評家が真実を歪めていると批判するなら、小説家はそれらを引き合いに出して自己弁護できるだろう。それこそ、『サランボー』出版時にフロベールが怠らなかったことであり、ゾラもまた『居酒屋』、『ナナ』、『ジェルミナール』などの際に同様だった。同時代の知に魅了され、自然主義作家は自分と同じような知的道程を走破することのできる読者を夢見ていたのである。エドモン・ド・ゴンクールは『娼婦エリザ』の序文に記している。

私の野心を告白するなら、それは刑務所内の狂気についての著作を読むのと同じ興味を、私の書物が与えてくれることなのである。

調査

書物による知識に、現実についての直接的な経験知が付け加わるが、それは調査という形式によって体系的に深められたものである。調査は、多かれ少なかれ作家自身も関与した事実から出発する場合がある。たとえば、周知のように、ゴンクール兄弟が『ジェルミニー・ラセルトゥー』の人物を想像したのは、昔から彼らの女中だったローズ・マラングルの死後、彼女が、日中は忠実な召使として、夜は放蕩に耽る女としての二重の生活を送っていたことを知って驚愕した後のことだった。モーパッサンは湯治のためにシャテルギヨンに滞在した経験を利用して『モントリオル』を構想した。アレクシスはリュシー・ペルグランの物語を、あるレストランで耳にした会話をもとに書き記したのだと、短編集の序文にみずから報告している。

一八七四年、デビューしたての困難な時期に、私は度々ジェルマン＝ピロン通りにかつてあった最下級のレストランに食事に行ったものだった。ある日、そこで、隣席の四人の「常連の女」たちが、コーヒーを飲み煙草を吹かしながら、仲間の一人の女性について長々と話しているのを耳にした。彼女はとても有名でよく知られていたが、肺病で死に瀕しているのだという。その会話に私は衝撃を受けた。彼女たちの持ち出す細部は余りにも典型的なものだったので、才能ある小説家の想像力も、これ以上に痛ましくも真実なディテールを見つけ出すことは難しいだろうと思われたのだった。

より決定的なのは、未知の環境においてなされる特殊な調査である。小説家は移動する。外国にまで旅行することもある。フロベールは『サランボー』のためにチュニスに行き、ゴンクール兄弟は『ジェルヴェゼ夫人』のためにローマへ行った……。とはいえロマン主義者が好んだ遠距離の移動よりも、近場への旅行のほうが好まれる。いってみればシチュエーションにふさわしい場を求めてのロケハンである。フロベールは『ブヴァールとペキュシェ』の準備のためにノルマンディーの田園を探索し、ゾラは『ジェルミナール』のためにアンザンへ、『大地』のためにボース地方へ赴き、一八七〇年に軍隊の進んだ行路を『壊滅』を書くために辿り直した……。現地において、小説家は情報提供者の助けを借りる。彼は専門的な場への訪問も行なう。ゴンクール兄弟は『娼婦エリザ』を書くためにクレルモンの女性刑務所の中へ入った。ゾラは『パリの胃袋』を書くためにレ・アールの市場を時間をかけて探索し、アンザンでは立坑の中を降りて行き、『獣人』の時には汽車に乗り込み、運転手の隣でパリ―マント間を走った……。

一般的に言って、こうした調査はごく短期間のものである。一週間以上ということは稀でしかない。その素早さはしばしばからかいの的となったが、それは間違っていたと言うべきだろう。何故なら、それらはルポルタージュなのであって、そこで何より重要なものとは、未知な物との接触であり、生きた体験で得られる印象だったのである。それに、それらは小説準備の仕事の中では、多くの中の一要素でしかないのである。

書類

集められた資料はすべて一つの書類の中にまとめられる。この書類は画家のデッサン帳に相当するものだ。ここ数十年のあいだに数を増やしている部分的出版のおかげで、こんにちでは、自然主義作家が残した準備書類についてよりよく理解することができるようになってきている。あるものは公立図書館（フロベールの『手帳』はパリ市立歴史図書館、『ルーゴン＝マッカール叢書』の書類はフランス国立図書館）に保存され、他のものは個人のコレクションの中（ゴンクールやドーデの『手帳』）にある。そして、多くのものは消失したか散逸してしまった。これら手稿の編成や内容は作家によって異なるが、全体の行程を理解することは可能である。おおよそ、四つの構成要素を識別できるだろう。

――〈読書メモ〉。単純な書誌事項の指示から最も詳細な要約まで。

――調査についての〈メモ〉あるいは〈報告書〉。フロベールが特別な手帳（小型のメモ帳で、アイデアや計画のための大型のものとは異なる）に記述したものや、ゾラの場合はまさしく旅行日誌の体裁をとる（「アンザンについてのメモ」やセダンに関するメモの例に見られるように）。

――〈シナリオ〉。その役割は、書かれるべき筋の概要を構成するためのものである。フロベールやドーデにおいては多数に及び、ゾラにおいてはより整理されている（彼は「下書き」と呼ぶ抽象的なシナリオの後に、より詳細で連続するプランへと移る）。

――最後に〈草稿〉。決定稿についての多かれ少なかれ重要な異文を提供してくれるもの。たとえばフロベールの場合には膨大な枚数に及ぶ。

これらの書類の量の多さが証言しているのは、作品の生成過程における仕事の苦労、自然主義小説家を駆り立てる構成や形式への配慮であり、将来の読者の反応を予測したいという彼らの望みなのである。

II　主人公の終焉

社会環境の分析

自然主義小説家たちは文学の中に新しいタイプの人物を導入したいと望んだ。この人物は、伝統的な小説の主人公が持っていた能力や自由を奪われている。彼らの小説計画の根底には、社会的現実についての分析が存在しているのである。

・「われわれは、この時代の社会の歴史を、この社会の諸階級の研究を通して記述しようと試みる。一揃いの大きなカテゴリーは芸術家、ブルジョワ、民衆である」（ゴンクール兄弟、『娼婦エリザ』の「手帳」）

・「四つの世界がある。民衆（労働者、軍人）、商人（都市改造に伴う投機家や大商人／産業）、ブルジョア階級（成り上がり者の子孫）、上流社交界（官吏、社交界の人士、政治家）。それに例外的な世界（娼婦、殺人者、司祭――宗教、芸術家――芸術）」（ゾラ、「全体に関するメモ」、『「ルーゴン゠マッカール叢書」準備のための資料・計画』所収）

これらの分析が厳密かどうかは大きな問題ではない。重要な点は、その分析が現実に向ける社会学的視線や、それによって提示される整理された分類の中にこそある。このプログラムを達成するために、『ルーゴン＝マッカール叢書』の連作は、ブルジョア階級の描出（『獲物の分け前』、『プラッサンの征服』、『ウージェーヌ・ルーゴン閣下』、『ごった煮』、『金』……）と民衆の世界の描写（『居酒屋』、『ジェルミナール』、『大地』、『獣人』……）とを交差させながら、娼婦、殺人者、司祭や芸術家の「例外的な世界」（『ナナ』、『獣人』、『ムーレ神父のあやまち』、『制作』……）を忘れることもない。実際、エドモン・ド・ゴンクールが『ザンガノ兄弟』の序文で提起しているように、レアリスムは「唯一の使命」として「社会の下部を描く」のみに留まるのではなく、「教育と優雅さのある環境」の研究をも望み、「洗練された者の肖像や、高価な事物の様相をも描き出す」のである。

小説の分類

それでもやはりある種の「世界」が特権的に登場してくることは確かだ。労働者や農民の環境であろうか？　必ずしもそうではない。これらの領域を描いたゾラのいくつかの作品の重要性にもかかわらず、自然主義小説は労働者や農民に例外的な地位しか与えてはいない。自然主義小説はむしろそれ自体が閉ざされている社会空間に注意を払う。特殊な活動様式の内に閉じ込められた空間においては、その様式が、記憶に残るような強烈な情景を描くことを可能とする。三種の社会的典型が優先的に描かれている。

すなわち芸術家、娼婦、軍人。芸術家は、小説家が自身の経験を回顧し、間接的に自分自身を描くのを可能とするからであり、他の二種は、一八七〇年の戦争の記憶と、これら二つの社会的イニシエーションの場が当時の読者にもたらした魅惑とが理由である。謎めいていると同時に恐怖を掻き立てる場として、娼館と兵舎が存在する。

自然主義の物語は、このようにいくつかの特権的な主題の開拓によって特徴づけられている。そのテーマ的内容を明確にしてみよう。

無力な女性の宿命（恋愛と、社会がもたらす障害と闘う女性）を描いた小説は、『ボヴァリー夫人』の提供する模範に基礎を置くものであり、多くの女性人物像を創造するに至った。『居酒屋』のヒロイン、ジェルヴェーズや、『獲物の分け前』のヒロイン、ルネ。モーパッサンのヒロインたち、とりわけ『女の一生』のジャンヌ。セアールのヒロインたち、『美しい一日』（一八八一年）のデュアマン夫人、あるいは『海辺の売地』（一九〇六年）のトレニッサン夫人。この大元の神話から派生した二種類のヴァリエーションは驚くほど広くに拡散してゆく。娼婦（「娘たち」の哀れで悲劇的な運命）小説と、「同棲」（ないし自由な関係）小説であり、おそらく後者は自然主義的空間をより一層代表するものである。例には事欠かない。ユイスマンス『マルト』（一八七六年）、エドモン・ド・ゴンクール『娼婦エリザ』（一八七七年）、ゾラ『ナナ』（一八八〇年）、エニック「大七号館事件」（『メダンの夕べ』所収、一八八〇年）、ポール・アレクシス『リュシー・ペルグランの最期』（一八八〇年）、J・H・ロニー『ネル・ホーン』（一八八六年）……。周知のように、このテーマはモーパッサンの短編小説で幅広く取り扱われている。「脂肪の塊」(『メダンの夕べ』所収、一八八〇年)、『メゾン・テリエ』(一八八一年)、『マドモワゼル・フィフィ』(一八八二年)、「寝台二十九号」、「衣装戸だな」(『トワーヌ』所収、一八八六年)、「流れながれて」(『ユッソン夫人ご推薦の受賞者』所収、一八八八年)、「港」(『左手』所収、一八八九年)……。「同棲」小説としては、ユイスマンス『家庭』(一八八一年)、ゴンクール兄弟『マネット・サロモン』(一八六七年)、『シャルル・ドマイ』(第二版、一八六八年)、アルフォンス・ドーデ『サフォー』(一八八四年)、リュシアン・デカーヴ『古雌鼠』(一八八三年)、『性悪女』(一八八六年)、ミルボー『受難』(一八八六年)……。

女性の運命についての小説の隣に、対になるように、男性の運命を描く小説が登場するが、それはすなわち軍隊を描くもので、これもまた失敗につきまとわれ、栄華への夢と惨めな現実の確認との狭間に位置するのである。事例は比較的多い。ミルボー『受難』(一八八六年)、ゾラ『壊滅』(一八九二年)、『メダンの夕べ』(一八八〇年)の短編小説、ドーデの短編(『月曜物語』、一八七三年)やモーパッサンの短編。この「戦争小説」は、数年後には「兵舎小説」に引き継がれ、兵役、下士官の重圧、軍隊の序列といった問題(時には植民地での出来事が混ざりあう)が扱われている。リュシアン・デカーヴ『下士』(一八八九年)、ポール・ボンヌタン『通称ペルー』(一八八八年)や『阿片』(一八八六年)がそれにあたる。

最後に、いくらか例外的な一連の作品が、小説の創作行為をいわば入れ子構造として描いている。芸術家についての小説であり、代表的なものはゴンクール兄弟の『マネット・サロモン』(一八六七年)や

『シャルル・ドマイ』（一八六八年）、エドモン個人による『ザンガノ兄弟』（一八七九年）、ドーデ『サフォー』（一八八四年）、ユイスマンス『さかしま』（一八八四年）、ゾラ『制作』（一八八六年）、あるいはモーパッサン『死の如く強し』（一八八九年）である。

こうした選択は、公衆を驚かせ、興味を惹こうという意図だけに動機づけられているのではない。自然主義者が売春や軍隊について長々と語るのは、それが新しい主題で、そんな風には今まで扱われていなかったからであり、さらには、第三共和政の社会が直面する道徳的・政治的問題と結びついた、議論を沸騰させるような主題だったからなのである。

生理学的研究

性格と心理についての古典主義的な分析を、本能と「気質」についてのより現代的な研究で取って代えようと、自然主義小説は目論んだ。『ボヴァリー夫人』を前にしたサント＝ブーヴの有名な反応はよく知られている。「解剖学者や生理学者よ、私はいたる所にあなた方を見出だす(1)」数年後には、ゴンクール兄弟の『ジェルミニー・ラセルトゥー』や、とりわけゾラの『テレーズ・ラカン』とともに、この文句の含む真実味はより増大する。ゾラは第二版（一八六八年）の序文において、この小説の意味するところを説明している。

（1）「月曜閑談」、『万物の助言者』紙、一八五七年五月四日〔訳注〕。

私の目的は、何よりもまず科学的な目的であった。二人の登場人物、テレーズとローランを作り出した時には、私はいくつかの問題を提出し、これに答を出すことを好んでいたのである。そこで、私は二つの異なった気質のあいだに生成する奇妙な結合を説明したいと思い、多血質が神経質と接触した時の深刻な混乱を提示したのである。この小説を注意してお読み頂きたい。そうすれば、各章が生理学の興味深い症例の研究になっていることに気がつかれるだろう。

この科学的かつ医学的探求の最良の例は、おそらくゴンクール兄弟の作品であろう。『尼僧フィロメーヌ』、『ルネ・モープラン』、『ジェルミニー・ラセルトゥー』、『娼婦エリザ』、『愛しい人』もまた症例研究であって、その独自性は、その都度、特定の病理学的分析の内に存在している。人体のこの文学的解剖には、特別に選ばれた被験者が存在しており、それは民衆の中の女性である。自然主義作家がジェルミニー・ラセルトゥーやジェルヴェーズ・マッカールを次々と生み出したのは、彼らが民衆の女性の中に、原初的で単純化された自然が見出だせるという神話を見ていたからであり、そこに、彼らの小説的探求の努力を正当化してくれるものがあるとみなしていたからだ。エドモン・ド・ゴンクールは『ザンガノ兄弟』の序文の中で、そのことを乱暴に述べている。

われわれは下層民から始めた。何故なら、民衆の女や男は自然と野蛮さとに一層近く、素朴で単純な存在だからである。

自然主義者にすべてを言わせ、すべてを示させようとする、この科学的大胆さにこそ彼らの強みがあった。だがそれは同時に彼らの限界をも規定する。小説は悪徳や頽廃のカタログをどこまでも延長させることを、みずからの目的としうるだろうか？　それこそ、ゾラやゴンクールの後継者が試みたことであり、彼らは臨床医学を誇張し、エスカレートさせたのであった。だが医者や精神科医とどこまでも張りあえば報いを受けることになる。最後には公衆は飽きてしまい、自然主義への反動として、ポール・ブールジェやアナトール・フランスが提示する心理についての議論に、再び魅力を感じるようになったのである。

失敗の小説

社会の一代絵巻を描こうとする趣向や、複雑で豊かな人生という幻影をもたらすために副次的な人物をたくさん寄せ集めるといったことが、自然主義の特徴だと考えられてきた。それは『ジェルミナール』、『大地』、『壊滅』といったゾラの大小説が与える印象であろう。だがこの図式が最も広く普及したものであるわけではない。大抵の場合は、ただ一人の人物に焦点をあてたモノグラフィーであり、そのことは作品のタイトルが示している。名前と名字の並んだ単純な戸籍カード（すべて同じ原則によって付けられたゴンクールの小説タイトル）であったり、不定冠詞付きの言葉から成る抽象的な要約（フロベール『純な心』、ゾラ『愛の一ページ』、モーパッサン『女の一生』、セアール『美しい一日』、デカーヴ『古雌鼠』……）であったりするのだ。

これらすべての伝記的物語においては、何事も起こらない、あるいはほとんど何も起こらない。英雄らしい事柄も、特別な冒険もなく、「人生の断片」あるいは「存在の切れ端」がただ喚起される。しばしば自然主義小説の典型として引き合いに出されるのは、アンリ・セアールの『美しい一日』である。実際、ここでは筋は最小限にまで還元されている。倦怠のあまり、デュアマン夫人は夫を騙して不貞に走ろうと決意するが、内気な誘惑者との田舎での平凡な一日は、彼女を深く失望させ……、そして期待された不倫は実現しないままに終わるのだ！　この種の物語にあって特徴的なのは、出来事の欠如というよりも、むしろ、出来事がその意味を喪失し、その極限的な凡庸さに還元され、言葉の語源的な意味でのアクシデント（偶発事）に行き着く、そのあり方のほうである。このことを、エニックは『エベール氏の災難』の中で皮肉にも強調してみせる（小説には総題として「現代の英雄」とある）。ヴェルサイユ在住の実直な司法官エベール氏は、自分が不倫の被害者であるのを発見することで、型にはまった生活の見直しを迫られる。ドラマはすべてを混乱に陥れるのだろうか？　まったくそうではない。エベール氏は「現代の英雄（主人公）」である。彼は妻と別れることもなく、配置転換を願い出ることでよしとし、最後にはこの痛ましい「災難《アクシデント》」を受け入れるのである！

ドラマチックな出来事を背景に退けながら書くこと……。この原則は、ゾラよりもゴンクール兄弟のほうがうまく適用させることができた。ゾラは筋が緊密に配置されるのを好んだのである。ゴンクール兄弟の小説は連続する場面によって構成されており、そこでは行為が不在である。行為は長いあいだ後回しにされ、最後になってようやく結末をもたらすために現われる。それが『シャルル・ドマイ』、『尼僧フィロメーヌ』、『ルネ・モープラン』、『マネット・サロモン』に見られる構成であり、さらに後には『愛しい人』や『ザンガノ兄弟』にも見受けられる。たとえば、この最後の小説では、サーカスの曲芸師である二人の主要人物について何章にもわたって長々と描写され、彼らの幼年時代、青年時代が語られる。ドラマは最後の三〇頁になってようやく仕組まれ、そこで二人の兄弟は芸名「ザンガノ」を得ることになり、ようやくタイトルが理解可能なものとなるのである。

したがって、『感情教育』のフレデリック・モローと奇妙にも似通った自然主義小説の登場人物は、死や零落を免れるとすれば、最後においても冒頭と同じシチュエーションに留まっている。バルザック的な征服や、スタンダール的な夢想は彼らには禁じられている。彼らの失敗とは社会的なものであり、そしてとりわけ感情的なものだ。ユイスマンスが描いたように、永遠の独身者として、禁欲的な悲観主義とともにみずからの運命を引き受けるしか、彼らに道は残されていないのである。

Ⅲ　非人称的エクリチュール

描写の重荷

すべてを言うべきか、あるいは広大な現実の中から選択するべきなのか？　この美学的選択から、自然主義小説における二つの大きな描写の傾向が生まれてくる。事典のような百科全書的理想を追求するか、あるいは、画家のように、視覚に捕えられる多様な印象を記述するか、である。

網羅的であることへの配慮に取りつかれたり、あるいは科学の提示する分類可能性に魅了されたりすることで、〈辞書編纂〉型の描写は専門カタログの様相を呈し、何物もそれを押し留めることはできないだろう。こうして『ムーレ神父のあやまち』の第二部には、あの膨大な花の散乱が見られる。アルビーヌとセルジュを結びつけることになる恋愛小説の始まりの箇所だ。

アルビーヌとセルジュは道に迷っていた。より丈の高い無数の植物が塀を築きあげ、小道を整えており、彼らはそこを行くのを楽しんだ。小道は急に曲がって奥まで入り込み、からまりあい、入り組んだ雑木林の先をもつれさせていた。清純な青の房のカッコウアザミ、かすかに麝香の匂いのするクルマバソウ、赤銅色の喉を見せるミゾホオズキには朱色の点があり、深紅や紫のクサキョウチクトウは見事で、紡錘形の花を持ちあげ、それを風が紡いでいた。髪のように細い茎の赤いアマ、黄金の満月に似たキクがかすかな短い、白や紫やバラ色がかった光を放っている。二人は障害を跨ぎ越え、両側を緑の塀に囲まれたまま幸福な歩みを続けた。右手に、軽やかなハクセンが伸び、サントラントゥスは無垢な雪のように垂れさがり、灰色がかったオオルリソウは、それぞれの花の小さい杯の中に朝露を乗せている。左手はオダマキの長い通りで、あらゆる種類のオダマキが咲いていて、白、薄いピンク、暗い紫はほとんど黒に近く喪の悲しみの色のようで、高い茎の先の房に、縮みのようなひだがついて浮き出た花びらを垂れさげている。そして遠くのほうでは、彼らが進むにつれて、塀が形を変え、巨大なヒエンソウの花咲く棒を並べ、葉の巻き毛の中に姿を消して、鹿毛色のキンギョソウの開いた顔の通るに任せ、スキザンサスのひょろ長い葉を持ちあげており、優しい漆の染みのついた硫黄色の翼をもって蝶のように舞う花で一杯だった（『ムーレ神父のあやまち』、第二部、第七章）。

これほどに重々しくない〈印象派〉型の描写は、選択を行なう。特定の最も絵画的な要素しか考慮しない。たとえば、ゴンクールから借りてきた民衆の舞踏会の情景である（『ジェルミニー・ラセルトゥー』

中のブール=ノワールでの舞踏会)。

帽子も被らない老女は頭の脇に分け目があり、テーブルの前を、サヴォワのお菓子と赤いリンゴで一杯の籠を持って通って行った。ときどき、ダンスはその揺れと回転の中で、汚れたストッキング、通りのスポンジ売り女のユダヤ顔、黒い指なし手袋の先の赤い指、口髭をはやした灰褐色の顔、前々日の泥の染みのついたスカート下、不自然なこぶのある、花模様の野暮なインド更紗の古いペチコート、囲われ女の古着の端などを見せていた。(中略)

すべてが飛び跳ね、動いていた。踊る女たちは、動物的な喜びに鞭うたれて、動き回り、身をよじり、跳ね回り、活気づき、鈍重で、荒れ狂っていた(『ジェルミニー・ラセルトゥー』、第十六章)。

人物の機能

登場人物の背後に姿を隠しながら、小説家は彼らにいくつもの重要な仕事を任せている。論理的かつレトリックの観点から見るなら、登場人物とは、描写を導入し、物語内におけるその存在を正当化するものであり、それは彼らの視線、言葉あるいは行動によって成される。そういうわけで、自然主義小説は、多様な見かけの裏で人物の三種類のタイプを発展させ、それらが語りの論理を組織化する役割を果たすのである。まず「眺める者＝のぞき見する者」が、歩きまわって現実を凝視する（ゴンクール兄弟やフロベールに顕著ないわゆる「動き回る描写」に材料を与える）、あるいはある特権的な場、たとえば窓から、情景を観察する。次に「おしゃべりな者」は無知な者に情報を与え、ガイドとしての役を果たす。最後に、労働者ないし「忙しい技術者」が、自分の行なっている活動の場面を光景として提供する。(1)

（1）フィリップ・アモンによって提示された類型。『小説の人物体系　エミール・ゾラ「ルーゴン＝マッカール」における登場人物のシステム』ドロズ書店、一九八三年。

イデオロギー的観点から見るなら、これらの人物は、認知し理解するのが困難な現実を暴いてみせることを可能にしている。閉鎖的で特殊な世界を描き、その世界の提起している経済的・人間的問題を喚起することが問題だろうか？　そのためには、外部からやって来た余所者を登場させれば小説家にとって充分であり、この人物は自分の抱く疑問から自発的に、未知のものを暴露するように行動するだろう。この手法はゾラによって幅広く用いられ、彼はルーゴン＝マッカール一族の多くの者にこの役を務めさせている。『居酒屋』冒頭のジェルヴェーズ、『ごった煮』のオクターヴ、『ボヌール・デ・ダム百貨店』のドニーズ、あるいは『ジェルミナール』のエチエンヌといった具合に……。

著者は道を迷いうるし、自分の感傷に溺れることもありうるが、登場人物は知の探求という自分の使命から逸脱することはない。無垢であれよこしまであれ、混乱している場合もあれば理路整然としている場合もあるが、この人物の存在が情報の更新に寄与している。つまりそうした存在が、フィクションの中に人物や事物の絶えざる流通をもたらし、またそこから養分を得ることになるのである。

主観的エクリチュールの誘惑

現実的なものの体系的な描写、人物の背後に語り手の存在が姿を消すこと、それらがあれば、求めるべき「調書」の非人称性を保証するのに充分だったのだろうか？　少なくとも二種類の重要な領域において、自然主義は主観性への誘惑を感じていたということを指摘しておこう。

最初は、自伝の領域である。ロマン主義風の告白に敵意を抱いて、自然主義者は抒情性が内包する自己満足に屈することを決して潔しとしなかった。しかしながら、不幸な幼年時代という問題を扱うことになると、彼らは自伝形式に行きあたるのだった。虐げられる子供のテーマ（頻繁に教育のテーマと結びつく）はドーデ『ジャック』、ボンヌタン『シャルロは楽しむ』、ゾラ『居酒屋』（ラリー・ビジャールの人物像）の中に現われている。そのテーマはドーデ『プチ・ショーズ』、ロベール・カーズ『生徒ジャン・ドルヴァン』、あるいはジュール・ルナール『にんじん』の中で力強く展開されており、自伝の反映を留めている。それはまたミルボー（『受難』、『ジュール神父』、『セバスチャン・ロック』）やヴァレス（『子ども』、『学士さま』、『蜂起者』）の作品の中心を占めている。社会制度についての仮借ない分析に基礎を置くこれらの作品は、資料に基づく真実への関心によって自然主義と結びつくが、ロマン主義的な過剰に悲壮な調子に乗じてもいるのである。「これは一個の自伝である」と、ゾラはある文芸批評の中で『子ども』を分析しながら認めている。とはいえ、彼はこう続ける。

私にとって、なんといってもこれは真実の書物であり、最も正確で最も痛ましい人間的資料によって作られた書物なのである（『ヴォルテール』紙、一八七九年六月二十四日）。

残るのは文体の領域であり、とくに主観性が明瞭となる場である。『ザンガノ兄弟』の序文の中で、エドモン・ド・ゴンクールは「芸術的文体」の必要性を主張している。彼によれば、それこそが現実世界の美と繊細さを表現できるのだ。かくして、非人称性の理想に、独自の文体についての長く忍耐強い探求が対立する。文章の加工であり、珍しい語の考案である。

作家としての労働に拘束された二人の兄弟、一方が他方の原稿を推敲し、完璧の探究に精魂尽き果てている、といった理想的規範が要約しているようなゴンクール兄弟の残した教訓が、一人ならぬ自然主義者を魅了したのだった。それはまず何より文献学の教えであり、十九世紀の大掛かりな辞書編纂事業（とりわけリトレの仕事）に触発されたものである。言語の中に充分な可塑性を備えた素材が見出だされ、その歴史的な厚みを再発見することが必要とされる。したがって、新語や古語が探し求められるだろう。前者は言語の特性を異常に活性化させ、後者はその過去に沈潜し、忘れ去られた単語の再発見をもたらす。芸術的文体の威信は、それが平凡さに対する防護壁をもたらすと考えられる点に依拠している……。

しかしながら、結局のところ、何を好むべきなのだろうか？　現実の分析か、あるいは言語の発明なのか？　この二つの要求が結びあうことを否定はしないでおきつつも、ゾラは簡潔さを推奨し、好んで古典主義の事例を引き合いに出す。モーパッサンはその例に倣い、またフロベールの教えにも従って、『ピエールとジャン』冒頭の「小説論」に記したのである。

思想のニュアンスの一切を定めるためにも、こんにち、芸術的文体という名のもとに押しつけられている、奇怪で、複雑で、数多くの、意味不明な語彙を使う必要はまったくない。（中略）稀な言葉の収集家であるよりも、むしろ優れた文体家であるように努めよう。

第五章　自然主義の受容

文学批評が性質や美についての批評であることは稀である。一般的に、それは評価し、断罪することを好んでいる。大きな評判を呼ぶ論争や文学的闘争の盛んな時代の十九世紀に、この絶対的権力は思う存分に行使された。自然主義小説家が好んでその標的にされたのも、したがって驚くにはあたらない。自然主義の受け入れられ方（その「受容」）を考察するにあたって、まず十九世紀末にそれに対してなされた審判を概観し、次に二十世紀におけるその影響の存続を検討しよう。この簡略な見取り図においては、書かれたものによる評価と同時に、図像（諷刺画や、後には映画）が受容の動向にもたらした貢献も考慮するように努めよう。

I　十九世紀

エミール・ゾラの場合

ゾラは同時代人の目には自然主義の根幹を表象するものであった。おそらくはレアリスムの新流派の作家の中で最も有名だったことは、彼の小説の大変な売れ行きが立証しているとはいえ、彼はまた最も激しく攻撃されたのでもあった。

一八七〇年より前、『テレーズ・ラカン』は批評家に断固とした有罪宣告の機会を与え、それが以後頻繁に繰り返されることになる。すでにゴンクール兄弟の小説に抗議していたルイ・ユルバックは、『フィガロ』紙上で「腐敗した文学」を告発した。少し後には、さらに能力ある論争家バルベー・ドールヴィイー(1)に引き継がれることになり、彼は『パリの胃袋』には刺激を受けたが、『ムーレ神父のあやまち』には憤慨して息も詰まるほどだった。

(1) 一八〇八～八九年。小説家。批評家として膨大な文芸批評を執筆し、舌鋒鋭く多くの作家を批判した〔訳注〕。

科学を装う無礼さというものはわれわれには欠けているが、ゾラ氏は謹んでわれわれにそれを与えてくれる……(中略)ゾラ氏とは汚辱の空威張りである。彼の書物にはそれが溢れており、そうすることで彼が公衆の意見に反対しているのだと信じないわけにはいかない。彼は汚物を積みあげ、これを腐らせる。その匂いを嗅ぎわける。化学者のように、それを自分の舌の上に乗せる……。そしてこの腐敗の点で、『ムーレ神父のあやまち』は『パリの胃袋』と同類に属するのである（『現代小説』、ルメール書店、一九〇二年）。

一八七五年以降、『両世界評論』誌に掲載されたフェルディナン・ブリュヌチエールの記事は、より一層の真剣さを示している。誹謗文書が詳細な議論に場を譲り、それはとりわけ「実験小説論」の理論を槍玉に挙げる。

クーポーについて実験するということは、クーポーを手に入れ、これを隔離し、日常的に決まった分量の酒で酔わせ、実験過程を中断させたり脇に逸れさせたりする恐れのある行為を禁じ、彼がアルコール中毒の明確な症例を示すに至るや、解剖台に乗せて切開するということである。実験というものは他にないし、ありえるものでもない。あるのは観察だけだ。これだけで、「実験小説」についてのゾラ氏の理論が土台を欠き、すぐに根底から崩れるのには充分である（『自然主義小説』、一八九六年版）。

一八八五年、『ジェルミナール』の出版とともに、変化が起こり始める。一八八五年三月十四日の『政治文学評論』誌上で、ジュール・ルメートルは、先人から投げつけられた不道徳という非難を退け、『ルーゴン＝マッカール叢書』の詩的価値を称揚した。

ゾラ氏の小説の様相とは、どういうわけだか、古代の叙事詩のものであり、それは力強いゆっくりとした歩み、長期にわたる展開、細部の落ち着いた積み重ね、語り手の語り口に見られる見事な率直さによってもたらされる。彼はホメロスよりも急ぐことがない。古代の吟遊詩人がアキレウスの料理に興味を示したのと同じほどに、彼は（異なった考えからだが）ジェルヴェーズの料理に関心を抱く。彼は繰り返しを恐れない。同じ語による同じ文章が再び現われる。『イリアス』の中の海の轟きのように、間隔を空けて、『ボヌール・デ・ダム百貨店』では商店の「いびき」が、『ジェルミナール』では機械の「太く長い吐息」が聞こえてくるのである。

ルメートルは結論する。したがって『ルーゴン＝マッカール叢書』は「人間内の動物性についての悲観主義的叙事詩」と定義できるだろうと。

否定的な批評家は、一八八七年の『大地』に際にして辛辣な批評の矛先を再び見出だす。しかしながら、ルメートルの意見は流派を生み、「詩人」ゾラという考えは次第に幅広く認められるようになる。それがたとえば、一八九四年にギュスターヴ・ランソン(1)が『フランス文学史』の中で採択した評価である。

（1）一八五七〜一九三四年。パリ大学、高等師範学校で文学を講じ、実証的文学研究を基礎づけた〔訳注〕。

科学的であろうという野心にもかかわらず、ゾラ氏はまずもってロマン主義者である。彼は私にヴィクトル・ユゴーを思い出させる。粗暴でたくましい才能を支配しているのは想像力だ。彼の小説は詩であり、重々しく粗雑な詩ではあるが、やはり詩には違いない。描写は濃密、鮮明、圧倒的で、幻覚のような光景に変貌する。ゾラ氏の目は、あるいは彼のペンは、事物を変形させ、肥大化する。彼がわれわれに提示するのは人生についての怪物的夢想である。ただ書き写された現実ではない。

ゾラが擁護したような自然主義美学をこそ承認するべきだと結論する必要があるのだろうか？　そうではない。バルベーによって告げられた道徳的な激しい非難の後に賞讃の言葉が続いたとしても、その代わりに、ブリュヌチエールによって定義された歴史的断罪は今も続いている。ゾラの作品が審判者の厚意を受けられるのは、それが自然主義そのものとは分け隔てられた場合のみなのである。

ゴンクール兄弟、ドーデ、モーパッサン

ゴンクール兄弟の作品は大変に非難された。多くの批評家にとって、生理学的文学の極端な形であり、その悪しき戯画のように受けとめられたからである。だが、ゾラのように大きな議論を呼び起こすということも決してなかった。一八八〇年以降、遅まきながら享受することになった一般の認知にもかかわ

らず、エドモン・ド・ゴンクールは、自分が対象となった論争よりもこの無関心をこそ苦々しく思っていた。『日記』を一読すれば、老作家が自分の孤立についての苦い認識を繰り返し書き留めているのが分かるだろう。

稀な例外を除いて、アレクシス、セアール、エニックが真に批評家の関心を惹きつけることはほとんどなかった。ただユイスマンスだけは、一八八四年に『さかしま』の出版が事件として認められた。もっとも、あまりにオリジナルすぎたこの小説が本当に理解されることはなかった。残るのはドーデとモーパッサンで、この二人は対照的に恵まれていたといえるだろう。この点、ドーデの作品に対するブリュヌチエールの変化は、実に示唆的なものである。一八七五年には『若いフロモンと兄リスレル』を主題が「下品である」として退けたが、次に『ニュマ・ルメスタン』には多少惹かれ、一八七九年の『亡命の諸王』に関心を持つようになり、一八八三年の『福音伝道師』には賛辞ばかりとなる。

モーパッサンの場合、およびドーデの場合には何が批評家を魅了したのだろうか? 二種類の議論が、彼らに有利に働いたように思われる。まず、彼らにあっては、自然主義の原則の適用が、一定の限界を超えるということがなかった。日常生活の観察は和らげられ、「印象主義」の内に分散化する。それは比較的受け入れやすいものであった。一言で言うなら、彼らは良き短編作家であることで感謝されたのである(彼らがこの道を外れると、きまって規律を思い出すように言われた……)。他方、人びとの意識の中に次第に確信が根づいていくのだが、それは、自然主義流派の中でも、彼らは古典主義の理想と結びつけることのできる作家であり、その文章は、ゴンクールや彼の弟子の推奨する「芸術的」文体の奇嬌さと対照を成すものであるだけに一層価値がある、というものであった。それゆえに、ブリュヌチエールやルメートルはモーパッサンを若き「大家」と称えたのであり、彼らはこの点で完全に一致している。

・「若い小説家たちからモーパッサン氏を完全に区別させるもの、そしてそのことが彼の内の特質の一つを表わしているのであり、われわれはその特質を古典主義作家の中で最も評価するのであるが、それは、彼が作品の中で、自分自身に関しては芸術家としての特質のみを表現し、自分の人となりや性格、自分の生活を表明しないことである」（フェルディナン・ブリュヌチエール、『自然主義小説』、一八九六年版）

・「彼は、古典主義作家が評価しなかったであろうような物の見方、感情、好みに、古典主義芸術の持つあらゆる外的な性質を結びつけた。（中略）正確にはそのことは何を意味するのだろうか？それは卓抜さという概念を伴うものである。それはまた明晰さ、簡潔さ、構成の技術を意味している。それはすなわち、想像力や感受性よりも、理性こそが作品の制作を司り、作家がみずからの素材を統御しているということである」（ジュール・ルメートル、『現代の人々』、第一集、一八八六年）

古典主義への参照は一層容易に自然主義を忘れさせるものである。ゾラと同じように、モーパッサンとドーデも彼らの意図と無関係に救済されたのだった。

諷刺画の力

作品や文学運動を取り巻く図像は、受容の反映を間接的に伝えている。自然主義の場合、図像は多種多様である。新聞紙上で連載小説の開始を告げる広告、豪華版に添えられた挿絵、そしてとりわけ諷刺画である。一八八一年以降、出版の自由が法制化された恩恵を受けて、群小新聞紙上で諷刺画は急増する。『小さい月《プチット・リュヌ》』、『鈴《グルロ》』、『喧騒《シャリヴァリ》』、『諷刺画《カリカチュール》』、『今日の人びと《オム・ドージュルデュイ》』……。

そこでもまた、自然主義を諷刺する絵の大半はゾラの人物像の周囲に集中している。一八八〇年以後、公的な人間としてたえず新聞・雑誌の注意を引いたので、『ルーゴン＝マッカール叢書』の著者は、日々新しい諷刺画を「侮辱」の数に加え、これを耐え忍ばねばならなかった。

> 三〇年来、毎朝、仕事に取りかかる前に、私を待つ七、八紙の新聞をテーブルの上に開いては、私は侮辱を耐え忍んできた。そこに存在することを確信しているし、素早く欄に目を走らせると、見つからないことは稀である。粗野な攻撃、侮蔑的なキャプションが、愚かな言葉や嘘で飾られている。侮辱がそこに広がっている。あちらの新聞にないとすればこちらの新聞に。そして私は好意的にそれを飲みくだすのだ（『新論戦』、一八九七年）。

諷刺画は自然主義についてどんなヴィジョンを提示しているだろうか？　文学作品の出版に直接関わるものをすっかり脇に置いておくなら（たとえば一八八〇年には『ナナ』を描くものが無数にある。画家たちのお気に入りの主題だったのだ！）、二つの点に力点が置かれているのが確認できる。

　まず作家の「方法」が関心を惹きつける。拡大鏡を手に登場人物を調べている作家（アンドレ・ジル、『月食《エクリプス》』誌、一八七六年）、あるいは、より通俗的に「見張り人」（アルフレッド・ル・プティ、『爆竹《ペタール》』誌、一八七九年）で、屑拾いの格好で鉤を使って「人間的資料」を集めるのに忙しいとか、あるいは下水掃除人の長靴を履いて雌豚ナナにまたがっている（アンリ・ドマール、『蛙《グルヌイユ》』誌、一八七七年、『新月《ヌーヴェル・リュヌ》』誌、一八八〇年）。

　より興味深いのは、自然主義の周囲で繰り広げられている文学闘争を描くものである。ジルは「バルザックに敬礼するゾラ」（『今日の人びと』誌、一八七八年）や「ヴィクトル・ユゴーの像を倒しているゾラ」（『小さい月』誌、一八七九年）を描く。ペパンは「居酒屋と娼婦エリザ」（『鐘』誌、一八七七年）で、ゾラとゴンクールを結びつける。『メダンの夕べ』の時には、サペックが、豚にまたがった裸のゾラの後ろに、弟子からなる「尻尾（行列）」が続く様で「エミール・ゾラ氏の上等な流派」を描いた（『パリのすべて《トゥ・パリ》』誌、一八八〇年）。ロビダは同時期に、ヴァンドームの記念柱の上に堂々と乗るゾラの騎馬像を描いて「自然主義の勝利」を祝っている（『諷刺画』誌、一八八〇年）……。

　乱暴に、遠回しや曖昧さとは無縁に、諷刺画は紋切り型に目印をつけて、その見事なアンソロジーを組みあげる。その点において、その証言はかけがえのないものなのだ。

II 二十世紀

文学的遺産

二十世紀前半、少なくとも知識階級においては、ゴンクール、ドーデ、ゾラの作品はいわゆる煉獄［試練の期間］に入ったようだった。だが自然主義の影響は続いていた。小説における「民衆的」なテーマの重要性（戦争や軍隊生活のテーマは、一九一四年から一九一八年の衝突によって再活性化する。あるいは「環境」や売春のテーマ）を考慮するなら、そのことは明らかである。あるいは、バルザックやゾラの教訓に従って、大掛かりな連作小説を作りあげた作家の作品を見ても明らかだろう。『チボー家の人々』（八巻、一九二二〜四〇年）のロジェ・マルタン・デュ・ガール[1]、『善意の人々』（二七巻、一九三二〜四六年）のジュール・ロマン[2]、あるいは『パスキエ家年代記』（一〇巻、一九三三〜四五年）のジョルジュ・デュアメル[3]であり、こうした作品構成は直接に『ルーゴン=マッカール叢書』のそれを想起させるものである。

（1）一八八一〜一九五八年。小説家、劇作家。『チボー家の人々』は、二人の兄弟の運命を通して二十世紀初頭の社会を描き出す。

一九三七年、ノーベル文学賞受賞〔訳注〕。

(2) 一八八五～一九七二年。小説家、劇作家。集団の連帯を唱える「ユナニミスム（一体主義）」を主張。大河小説『善意の人々』では多数の人びとを総体として描くことを目指した〔訳注〕。

(3) 一八八四～一九六六年。小説家。『パスキエ家年代記』は小市民の家庭に生まれたローラン・パスキエの生涯を通して、一家族の歴史的変遷を辿っている〔訳注〕。

こうした影響はまた、文学生活のあり方の中にも姿を現わしている。自然主義以後、社会的ないし集団的理想を擁護する流派が次々と起こるのを目にするのではないだろうか？　世紀初頭には、フェルナン・グレーグ[1]の人間主義《ユマニスム》、ジュール・ロマンの一体主義《ユナニミスム》があり、一九三〇年頃にはアンドレ・テリーヴ[2]とレオン・ルモニエ[3]の民衆主義《ポピュリスム》や、アンリ・プーライユ[4]の唱導する「プロレタリア」文学があった。制度的な観点からすると、一九二〇年から一九三〇年はまだ自然主義の時代に近いものだった。芸術上の多様な前衛派の結びつき、文学グループの崇拝、騒々しいマニフェストへの趣向が、彼らの知的生活の指標を構成しており、それらの起源は半世紀前に固定化した習慣の内に見出だせるのである。シュールレアリスムの運動を分裂させる争いもまた、一八八〇年代を特徴づけた対立を想起させないことはない。

(1) 一八七三～一九六〇年。詩人。一九〇三年、詩集『人間の光輝』を著し、「ユマニスム」を主張。ヴィクトル・ユゴーの研究家としても知られた〔訳注〕。

(2) 一八九一～一九六七年。評論家、小説家〔訳注〕。

(3) 一八九〇～一九五三年。評論家、小説家。一九二九年、テリーヴとともに「ポピュリスム」を提唱。自然主義の伝統に帰り、下層階級の日常を描くことを主張した〔訳注〕。

（4）一八九六〜一九八〇年。小説家。民衆のための文学を提唱し、労働者のための雑誌を編集し、選集を編んだ〔訳注〕。

こうした比較を超えて、もっと直接的な影響も存在するだろうか？ 自然主義の影響はバルビュス[1]やセリーヌ[2]の作品に見出だせる。批評家はこれらの作家に向かって、ゾラの後継者として敬意を表するのを忘れなかった。ゴンクール賞の審査委員は一九一七年に『砲火』に賞を授与し、バルビュスは「塹壕のゾラ」と呼ばれた。一九三二年には、同じ審査委員が『夜の果てへの旅』に賞を与える寸前までいった。セリーヌはこの時、リュシアン・デカーヴの支持を得たのだが、デカーヴは『旅』の中に、かつて自分が『下士』で扱ったテーマのいくつかを見出だすことができたのだろう。

（1）アンリ・バルビュス、一八七三〜一九三五年。小説家。第一次大戦に参戦した経験をもとに『砲火』（一九一六年）や『クラルテ』（一九一九年）を執筆。共産党に入党し、政治活動を続けた〔訳注〕。
（2）ルイ＝フェルディナン・セリーヌ、一八九四〜一九六一年。小説家。第一次大戦に従軍して負傷後、医師として働く。一九三二年、自己の体験を下敷きに『夜の果てへの旅』を発表。ニヒリズム、アナーキズムの濃い思想で反響を呼んだ〔訳注〕。

自然主義のメッセージをもう一度取りあげることを明確に望んだ唯一の文学的動向は、先にも挙げたアンドレ・テリーヴとレオン・ルモニエによって始められた運動である。ポピュリスムはゾラだけでなく、ユイスマンスやモーパッサンからも着想を得ている。正確な資料収集と的確な観察の必要性を主張し、ポピュリスムは同時に、現実を描く際の想像力の役割も重視した。しばらくの期間にわたって、ウージェーヌ・ダビ[1]（『北ホテル』は一九三一年に最初のポピュリスト賞を得る）やルイ・ギユー[2]（『夢のパン』で一九四二年ポピュリスト賞）といった作家を集め、彼らの文学キャリアに有利に働いた。その功績は一つの感受性のあり方を生み出した点にあり、それは小説や映画の中で表現されたのである。

（1）一八九八～一九三六年。小説家。第一次大戦従軍後、労働者の生活を小説に描いた〔訳注〕。
（2）一八九九～一九八〇年。小説家。日常生活の情景を描いた。『黒い血』（一九三五年）など〔訳注〕。

一般的に、以後、自然主義は文学の伝統に属することになったと言えるだろう。それは、「民衆的」とみなされるテーマを扱う作家にとっての一つの参照枠であり、避けて通れない通過点である。そもそも、そうした作家は、一八八〇年代の先人たちを比較的身近に感じることができただろう。先人同様、彼らも戦争と社会的悲惨を体験したのである。この親近性と離反との二重の感情を、セリーヌは一九三三年、メダンへの「文学巡礼」に際しての講演で語っている。

こんにち、ゾラの自然主義は、情報を得るためにわれわれが所有している手段からして、ほとんど不可能になっています。自分自身の人生から始めて、自分の知っている通りに人生を語っても、人は牢獄から出られません。私が言いたいのは、二〇年来、われわれが理解しているような人生のことです。同時代の人間に向かって、現実についてのいくらか陽気な情景を見せてやるために、ゾラにはすでに多少のヒロイズムが必要でした。こんにちの現実は、誰に対しても許されてはいないでしょう。（中略）

ゾラ以来、人間を取り囲んでいる悪夢は明瞭となったばかりでなく、それは公的なものとなったのです。われわれの「神々」はより強力になるにつれ、より残忍に、より嫉妬深く、より愚かになっているのです。この神々は組織化されています。何を言うべきでしょうか？　もう理解しあうこともできません。

私が思うには、自然主義流派は、世界中のあらゆる国でそれが禁じられた時に、その務めを果たしたことになるでしょう。

それが宿命だったのです（『カイエ・ド・レルヌ』、第三号、一九六三年）。

映画における自然主義

一九〇〇年以降、それまで演劇のものだった小説の翻案を、映画が劇場から奪い取ってゆく。この進化に関わった職人とは元の演劇人であり、彼らは生まれたての新しい芸術へと方向転換したのだった。こうした仲介者の一人がアンドレ・アントワーヌだ。彼は一九一六年から一九二四年までのあいだに何本もの映画を撮影し、その中に『大地』（一九二一年）がある。こうして、フランス映画の出発は、自然主義の歴史と結びついた作品によって印づけられている。ジョルジュ・メリエスは一八九九年に『ドレフュス事件』で範を示した。ヴァンセンヌのパテのスタジオで、フェルディナン・ゼッカはその例にならって一九〇二年に『居酒屋』、一九〇三年に『ジェルミナール』を翻案する。一九〇九年には、かつてアントワーヌの弟子だったアルベール・カペラニが『居酒屋』を撮影した。最初に作られた長編映画の一本である。

生まれたての映画にとって、自然主義文学はテーマや主題の広大な宝庫だった。二つの作品群がとくに優遇された。ゾラとモーパッサンの小説である。一方で、たとえばフロベールの小説はほとんど反応を生まなかった。翻案や再翻案（リメーク）の作業は、映画芸術に特有のものであるが、いくつかの大作に集中し、それがたえず繰り返された。この観点から、ジャック・フェデールの『テレーズ・ラカン』（無声映画の制限を利用し、敵同士となった二人の恋人の孤独と、老ラカン夫人の非難の沈黙が見事に描き出されている）とマルセル・カルネの『嘆きのテレーズ』（筋を現代に置き換え、シモーヌ・シニョレとイタリア人俳優ラフ・ヴァローネの二人組を採用している）がよく比較される。あるいはジャン・ルノワールの『獣人』（一九三八年）と、フリッツ・ラングによる一九五四年の映画（*Human Desire*『仕組まれた罠』）。

次のことを指摘しておかねばならない。多かれ少なかれ原作に忠実なこうした翻案を超えて、ジョルジュ・サドゥール[1]が『映画史』で述べているように、少なくとも第二次世界大戦まで、自然主義の伝統は「フランス映画の基調」を表わしていたのである。それは日常生活と民衆の環境とを進んで取りあげる。それはテーマ、人物、状況の根底に息づいており、ジャン・ヴィゴ、マルセル・カルネ、ルネ・クレールの内に見出だすことができる。その伝統はジャン・ルノワールの作品の中で開花した。彼は他の誰よりもゾラやモーパッサンの影響を受けていたのである。

（1）一九〇四〜六七年。映画史家。全六巻の『世界映画全史』（一九四六〜五四年）などの著作がある〔訳注〕。

現代の批評の対応

二十世紀の批評家に課せられた最初の仕事は、亡くなったばかりの作家の『全集』を編纂し、できる限り正確に作品を編集することだった。この仕事は両大戦間に行なわれ、大抵の場合、自然主義の精神的継承者による行動のおかげになるものだった。たとえば、フロベールの姪カロリーヌ・フランクラン＝グルーは、コナール書店版二六巻の『全集』や『書簡集』を支援した（一九一〇〜三〇年、ルネ・デュメニル、ジャン・ポミエ、ガブリエル・ルリュらの協力による）。ゾラの娘ドニーズとその夫モーリス・ル・ブロンは、一九二七年から一九二九年のあいだに五一巻のベルヌアール書店版『全集』を出版し、『ルーゴン＝マッカール叢書』の著者の手になるほとんどの小説と批評とを収録した。リュシアン・デカーヴはユイスマンスの『全集』に関わった。彼が遺言執行人だったのである（二三巻、ジョルジュ・クレス書店、一九二八年）。彼はまたアカデミー・ゴンクールとともにゴンクール兄弟の『日記』の決定版を企図し、多くの困難にぶつかり、長い法廷闘争を経た後に実現させた（九巻、一九三五〜三六年）。同じ頃、フランス書房《リブレリ・ド・フランス》はドーデ『挿絵入り全集』（二〇巻、一九二九〜三一年）とモーパッサン『挿絵入り全集』（一五巻、ルネ・デュメニル編集、一九三四〜三八年）を出版した。

こうした出版には未刊の原稿が加えられ、歴史に関する注釈が付けられるものだが、第二次大戦後も継続して行なわれている。とりわけ紳士クラブ《クリュブ・ドネット・オム》のフロベール『全集』（モーリス・バルデッシュ編集、一六巻、一九七一～七五年）、アンリ・ミットランによるゾラの三種類の版、つまり「プレイヤッド叢書」の『ルーゴン＝マッカール叢書』（五巻、一九六〇～六七年）、貴重書サークル《セルクル・デュ・リーヴル・プレシュー》の『全集』（一五巻、一九六六～七〇年）、さらに新世界社《ヌーヴォー・モンド》の『全集』（二一巻、二〇〇二～一〇年）、あるいはルイ・フォレスチエによって「プレイヤッド叢書」に入れられたモーパッサンの『中短編集』と『長編小説』（全三巻、一九七四～八七年）がある。「プレイヤッド叢書」はまたヴァレス（『作品集』、ロジェ・ベレ編集、二巻、一九七五～九〇年）、ドーデ（『作品集』、ロジェ・リポル編集、三巻、一九八六～九四年）を収録し、フロベール『書簡集』（ジャン・ブリュノー、後にイヴァン・ルクレール編集、五巻、一九七三～二〇〇七年）を刊行した。華々しい見取り図ではあるが、しかしながら欠落を覆い隠すべきでなく、また、あちこちで困難にぶつかることもある。いずれにせよ、モーパッサンを例外として、現代の出版は自然主義の「大家」たちを優先的に遇している。メダンの世代に属する作家や「五人の宣言」の作家は、散発的な出版の機会における断片的な再評価しか得ていない。

一九五〇年代初めに、自然主義研究のルネサンスが見られた。ほぼ同時期に出版された何冊かの博士論文が、決定的に知見を推し進めた。ジャック＝アンリ・ボルネック『アルフォンス・ドーデの修行時代』（一九五一年）、ギイ・ロベール『エミール・ゾラの「大地」（歴史的・考証的研究）』（一九五二年）、ロベール・リカット『ゴンクール兄弟における小説創造』（一九五三年）、ピエール・コニー『ジョリス＝カルル・ユイスマンス　統一を求めて』（一九五三年）、アンドレ・ヴィアル『ギ・ド・モーパッサンと長編小説の技法』（一九五四年）。余勢をかって、ジャック・エミール＝ゾラ（エミール・ゾラの息子）とピエール・コニーは、一九五五年に『自然主義研究誌《カイエ・ナチュラリスト》』を創刊した。『ゾラの友文学会会報』の跡を継いで、この雑誌はゾラの名前を超えて広く支持を広げることを望み、「自然主義は、一八八〇年頃に文学界を揺るがした流派の争いに限定されるものではないと考えるすべての者に」開かれていることを願っている。

一九六〇年以降、文学批評の刷新は、テクストの読み方や解釈の従来の方法に大きな衝撃を与えた。フロベール、ゾラ、モーパッサンやユイスマンスが幅広くその恩恵を受けている。従来の大半の注釈の基礎にあった道徳的評価は、イデオロギー、テーマ、フィクションの構造についての綿密な研究に場を譲り渡したが、一方で歴史考証の伝統が忘れられたわけではなく、その成果をあげ続けている。この観点からすれば、自然主義文学は社会学、詩学、テーマ研究にとっての完璧な事例集として存在していることになる。歴史の進展のある決定的な時点に位置した自然主義は、実に豊かな範列を示しており、小説ジャンルの形式的完成について証言を残した。その美学的法則は整合性のある形で確定されたのだが、それ以降、現代のフィクションにおいては、多種多様な探求が試みられているのである。

結論

自然主義のような文学運動の歴史を、満足のいくように記述することができるだろうか？　不可避的に困難が出来し、このような総合の試みそのものを問題に付すのである。

最初にぶつかる問題は用語に関わるものだ。リュシアン・フェーヴル(1)の表現によれば「理解を妨げる大きな機械(2)」である分類のためのラベルには、現実を単純化してしまうという欠点があり、文学的多様性をあまりに大雑把に捉えてしまうことになる。さらに、批評家はその用語を一層気ままに用いては、断罪したり賞讃したりするのである。大抵の場合、批評家は個別性や独自性という用語で議論することを好んでいる。それゆえに、一個の作品が自然主義を逃れている場合にこれを賞讃し、適合していると批判するのである。これに付け加えて、「レアリスム」と「自然主義」の二つの語の混同があり、それぞれの語の使用をややこしくしている。厳密に文学史の観点に立つのなら、同時代人の習慣やゾラの事例から、「自然主義」の語のほうを好むことになる。その場合、「レアリスム」の概念はデュランティやシャンフルーリの先駆的試みにのみあてはめられる。反対に、問題を美学的観点から考察するなら、「レアリスム」の用語はより一般的に受け入れられており、さほど歴史の跡をとどめていない分だけ有用であって、競争相手を二流の役どころに格下げすることになる。その時、自然主義はもはや副次的生産物でしかなく、模倣文学の堕落した形態ということになる。

（1）一八七八〜一九五六年。歴史学者。社会学を取り入れた「アナール派」創始者の一人〔訳注〕。
（2）「ある画家の復活：ジョルジュ・ド・ラ・トゥール」（一九五〇年）、『歴史のための闘い』（一九五二年）所収〔訳注〕。

年代という枠組みも、それよりも扱いやすいというわけではない。一見したところ、最も重要な作品を取りあげ、最も特徴的な事柄を記述すればよいように見える。実際には、日付ほど不確かなものはないのである。自然主義はどこから始まり、どこで終わるのか？　始まりははっきりせず、終わり（もし終わりがあるなら！）は一層不明瞭であって、おそらく、こんな風に考えること自体、その考察を導いている生物学的な比喩の犠牲となることなのではないだろうか。そもそも、複数の文学史を比較してみさえすれば、どれほどに年代による提示が多様なものでありうるかを確かめるのに充分だ。ロマン主義と象徴主義が自然主義と競合し、同じ一つの文学場の配分を巡って争っている。選んだ視点次第で、どれかの美学傾向を優先させて、他のものを犠牲にすることになる。窮余の一策として、一般的な枠組みへの野心を断念し、疑いようのない変容を証言しているいくつかの孤立した日付しか考慮しないことにするとしても、そこにもまた困難が現われる。一八八七年と一八九一年の例を挙げよう。どちらも明らかに、危機と解体の時期であるように見える。一方は「五人の宣言」と弟子たちによる否認であり、他方はジュール・ユレの『アンケート』が自然主義の死を宣告している。批評の側では、そもそもそれが一致した叫び声であった。一八八七年、ブリュヌチエールは自然主義の「破産」を予告した。一八九一年、レオン・ブロワは「葬式」について、ジュール・カーズは「壊滅」について語る……。しかしながら、もっと近づいて見るなら、これほどに不確かなものもないのだ。一八八七年、アントワーヌは「自由劇場」を創設、自然主義の演劇実験に第二の息吹を与えることになる。一八九一年、ゾラは文学者協会の会長に選任、オペラ＝コミック座で『夢』を上演し成功を収めている。「葬式」や「壊滅」といった概念を議論なく受け入れることがどれほど困難かご理解頂けよう！　手の施しようのない危機と見えていたものも、おそらくは進化の一段階でしかないのである。

最後に残るのは個人の問題である。どの作家が自然主義運動に加わっているのか？　統一性という概念を一人の作家の作品全体に適用するのは困難である（ランソンに倣って、作家と作品の統一性という認識論的理想は、講壇批評家によって長いあいだ追い求められてきたのではあるが）。それは作家の集団に対してはなお一層適用困難である。確かに、自然主義をゾラの作品だけと同一視するという安易な解決に満足することはいつでも可能である。この考えはマラルメによって推し進められた。

自然主義に話を戻せば、その言葉をエミール・ゾラの作品のことと理解する必要があるように思われますし、実際、ゾラが自分の作品を完成させた暁には、この言葉は死を迎えるでしょう（ジュール・

ユレ、『文学の進化についてのアンケート』、一八九一年)。

だがこのように推論することは、問題を解決したというよりも迂回しているに過ぎない。おそらく、分割というテーマは出発点から自然主義の経験に書き込まれていたと指摘する必要があるだろう。流派の概念の否定の内に、方法を優先させたという事実の内に。歴史の中に自分の姿を認め、先人と自分たちとを比較することで、自然主義者は思考の内で自分たちの運動の死を先取りしていたのだ。ある意味で、彼らは諦めとともに、時には喜びを感じつつ、自分たちの分散を受け入れた。デカダンスの「世紀末」的な気分が、彼らをその方向へと押しやる。こうした不健全な魅惑は、十九世紀末の文学生活のもたらす物質的・社会的問題によって養分を蓄える。それが大家と弟子とのあいだに分裂を生み出し、大家たち自身も内部分裂を引き起こすのである。

しかしながら、では「自然主義」の概念を放棄するべきなのだろうか? それは条理に適っていないだろう。「レアリスム」の脇にあって、「自然主義」の語も、小説美学についての考察や、文学の歴史の中で確かにその場を占めているのである。

美学の観点からすれば、自然主義の概念は、十九世の最後の三分の一において鍛えられた、現実的なものについての認識・分析の伝統と方法に関わっている。それは理論(おそらく断片的なもの)と、とりわけ多くの実例に依拠している。自然主義はまずもって文学作品の資料体《コーパス》であり、現代の読者はみずからの探索の欲求の赴くままにそこに想を汲み取ることができ、たとえば、物語の構成についての教訓（ゾラ）やエクリチュールの仕事についての示唆（ゴンクール、ユイスマンス）を見出だすことがでる。この伝統は一八七〇年から一八九〇年に限定されるものではなく、二十世紀の前半にも、映画やポピュリスムの傾向の中にその継承者が存在している。その伝統は、バルビュスやセリーヌのもののような偉大な作品の中にも存続している。こんにち、それはさまざまな小説の傾向の内に見て取れるし、アカデミー・ゴンクールの作家のサークルに、制度的な支柱を保持しているのでもある。

こうした観点に立つなら、自然主義とは、レアリスムの一個の特殊な形式としてあり、それはみずからの意図（科学的ないし技術的）を明確に定め、その実現のためには過剰であることを恐れない。延長の程度においてはレアリスムの概念に劣るとしても、自然主義の概念はこのようにしてよりよく理解されるに至る。その適用範囲は限定的であるが、その代償として、補足的な文学的特徴を含意するのである。この意味で、その美学的価値は今も生きたものである。

文学史の観点に立つなら、自然主義の概念は、ゴンクールやユイスマンスやゾラの作品の複雑さを汲みつくすことのできるものでは、おそらくないだろう。彼らと自然主義の理念は一致しないし、それは同時代の他のどの作家に対しても同じである。だが出会いと対立によって作られる一般的空間を定義することで、文学グループについての社会学的歴史の記述が可能となる。最後に、もう一つの利点を指摘しよう。ある場の存在を仮定することで、自然主義の概念はその探索への道を開くのである。手掛かり、接近ルート（本書は本書なりにそれを走破しようと試みたものである）を提供し、その道が、最初の自然主義者から次世代の作家を経て、自然主義の最後の到達点まで導く。統一と分割の弁証法的視野へと誘いながら、精神を未探索の知的地平へと導き、みずからの批評的認識のメカニズムを問いただすようにと促すのである。

主要作家略伝（五十音順）

アダン、ポール（Paul Adam, 一八六二〜一九二〇年）。多様な素材を扱う多弁な小説家。デビュー時には自然主義（『柔らかな肉体』、訴訟の原因となる、一八八五年）と象徴主義（『ミランダの家での茶会』、ジャン・モレアスとの共著、一八八六年）のあいだでためらい、作品は次第に歴史や社会に関するレアリスムへ向かった（『赤いドレス』一八九一年、『群衆の神秘』一八九五年、『力』四部作、一八九九〜一九〇三年）。

アレクシス、ポール（Paul Alexis, 一八四七〜一九〇一年）。ゾラの最も忠実で一番の友人だった彼は、ゾラについて一冊の伝記を著している（『エミール・ゾラ 一友人の手記』一八八二年）。短編集（『リュシー・ペルグランの最期』一八八〇年、『愛への欲求』一八八五年、『プラトニックな恋』一八八六年、『恋愛教育』一八九〇年、『三十の小説』一八九五年）に加え、二冊の長編小説（『ムリヨ夫人』一八九〇年、『ヴァロブラ』一九〇一年）を著した。演劇にも大きな関心を持った（『リュシー・ペルグランの最期』翻案、一八八八年、ゴンクール兄弟の翻案、『ザンガノ兄弟』一八九〇年、『シャルル・ドマイ』一八九二年）。

アンセー、ジョルジュ（Georges Ancey, 一八六〇〜一九一七年）。アントワーヌの「自由劇場」によって見出だされた彼の戯曲は、社会関係についての諷刺を中心とするもので、自然主義美学の延長に位置づけられる（『ランブラン氏』一八八八年、『鰥夫学校』一八八九年、『こんな男たち』一九〇三年）。

アントワーヌ、アンドレ（André Antoine, 一八五八～一九四三年）。「自由劇場」（一八八七～九六年）創設者。経済的苦境に立たされ一八九四年に指揮を離れる。一八九七年から一九〇六年まで「アントワーヌ劇場」、一九〇六年から一九一四年までオデオン座の支配人を務め、モリエールやシェークスピア劇の大掛かりな演出で注目された。一九一六年から一九二四年まで映画へと向かい、かつての舞台作品を再び取りあげている。

ヴァレス、ジュール（Jules Vallès, 一八三二～八五年）。ジャック・ヴァントラース三部作（『子ども』一八七九年、『学士さま』一八八一年、『蜂起者』一八八六年）とは別に、豊富なジャーナリズムや文芸批評の作品も喚起すべきである。『金』（一八五七年）、『反抗者』（一八六五年）、『街路』（一八六六年）、『ロンドンの街路』（一八八四年）など。さらに『民衆の叫び』紙（一八六九～七一年、一八七八～八五年）に掲載された記事がある。

エニック、レオン（Léon Hennique, 一八五〇～一九三五年）。ゾラと親しく、後にゴンクールと近しくなった。短編集（『二つの小説』一八八一年、『プッフ』一八八七年）、長編小説（『献身的な女』一八七八年、『エベール氏の災難』一八八三年、『ある性格』一八八九年、『ミニー・ブランドン』一八九九年）を著し、演劇にも大きな関心を抱いた。ゾラの作品の翻案（『ジャック・ダムール』一八八七年）があり、歴史劇（『エステル・ブランデス』一八八七年、『アンギャン公の死』一八八八年）や、パントマイム（『懐疑的なピエロ』、ユイスマンスと共作、一八八一年）も執筆した。一九〇七年から一九一二年までアカデミー・ゴンクール会長。

カーズ、ロベール（Robert Caze, 一八五三〜八六年）。ゴンクールやゾラと近く、ユイスマンスの友人。一八八六年に決闘によって死去。彼の小説は存在についての悲観主義的なヴィジョンに特徴づけられている。『アンニルの殉教』（一八八三年）、『兵士たちの女』（一八八四年）、『生徒ジャンドルヴァン』（一八八四年）、『ウルスラの一週間』（一八八五年）、『祖母』（一八八六年）。

ギッシュ、ギュスターヴ（Gustave Guiches, 一八六〇〜一九三五年）。「五人の宣言」署名者。多作の小説家で、最後まで初期作品の自然主義美学に忠実だった。『セレスト・プリュドマ』（一八八六年）、『敵』（一八八七年）、『予想外』（一八九〇年）、『隣人の妻』（一八九八年）。彼の回想録は、十九世紀末の文学生活に関する貴重な証言をもたらしている。『人生の祝宴』（一九二五年）、『祝宴』（一九二六年）、『スペクタクル』（一九三二年）。

ゴンクール、ジュール・ド（Jules de Goncourt, 一八三〇〜七〇年）と**エドモン・ド**（Edmond de Goncourt,

一八二二〜九六年）。二人の兄弟は歴史家として重要な書物を共同で執筆（『革命下のフランス社会史』一八五四年、『総裁政府下のフランス社会史』一八五五年、『十八世紀の内面的肖像』一八五七〜五八年、『十八世紀美術』一八五九〜七五年、『十八世紀の女性』一八六二年）、小説も著した（『文士たち』一八六〇年、『尼僧フィロメーヌ』一八六一年、『ルネ・モープラン』一八六四年、『ジェルミニー・ラセルトゥー』一八六五年、『マネット・サロモン』一八六七年、『シャルル・ドマイ』（『文士たち』の第二版）一八六八年、『ジェルヴェゼ夫人』一八六九年）。一人残された後、エドモンは小説執筆を続ける（『娼婦エリザ』一八七七年、『ザンガノ兄弟』一八七九年、『フォスタン』一八八二年、『愛しい人』一八八四年）。そしてとりわけ『日記』があり、その完全版は一九三五〜三六年にようやく公開された。

セアール、アンリ（Henry Céard, 一八五一〜一九二四年）。長いあいだゾラと近しかったが、一八九三年より離反。大いに価値あるジャーナリスト・文芸批評家（一八八七年の「親密なゾラ」、一八九九年、一九〇七年のドーデとユイスマンスについての「文学的伝記の試み」を参照）。いくつかの短編と二冊の長編小説（『美しい一日』一八八一年、『海辺の売地』一九〇六年）に、いくつもの戯曲を加えねばならない。とりわけ『ルネ・モープラン』（一八八六年、ゴンクール兄弟の小説翻案）、『すべて名誉のため』（一八八七年、ゾラに基づく）、『諦めた人たち』（一八八九年）、『桃の実』（一八九〇年）。最後の三作はアントワーヌの「自由劇場」で上演された。

ゾラ、エミール（Émile Zola, 一八四〇〜一九〇二年）。青年期の作品では『テレーズ・ラカン』（一八六七年）と『マドレーヌ・フェラ』（一八六八年）が挙げられる。次に二〇巻から成る『ルーゴン＝マッカール叢書』が書かれる。『ルーゴン家の運命』（一八七一年）、『獲物の分け前』（一八七二年）、『パリの胃袋』（一八七三年）、『プラッサンの征服』（一八七四年）、『ムーレ神父のあやまち』（一八七五年）、『ウージェーヌ・ルーゴン閣下』（一八七六年）、『居酒屋』（一八七七年）、『愛の一ページ』（一八七八年）、『ナナ』（一八八〇年）、『ごった煮』（一八八二年）、『ボヌール・デ・ダム百貨店』（一八八三年）、『生きる歓び』（一八八四年）、『ジェルミナール』（一八八五年）、『制作』（一八八六年）、『大地』（一八八七年）、『夢』（一八八八年）、『獣人』（一八九〇年）、『金』（一八九一年）、『壊滅』（一八九二年）、『パスカル博士』（一八九三年）。『ルーゴン＝マッカール叢書』を引き継ぐのが二つの連作である。『三都市叢書』（『ルルド』一八九四年、『ローマ』一八九六年、『パリ』一八九八年）と『四福音書』（『豊穣』一八九九年、『労働』一九〇一年、『真実』一九〇三年、『正義』はノートだけが残された）。短編集として『ニノンへのコント』（一八六四年）、『新ニノンへのコント』（一八七四年）、『ビュルル大尉』（一八八二年）、『ナイス・ミクラン』（一八八四年）や、批評集として『わが憎悪』（一八六六年）、『実験小説論』（一八八〇年）、『演劇における自然主義』、『われわれの劇作家たち』、『自然主義の小説家たち』、『文学的文書』（一八八一年）、『論戦』（一八八二年）、『サロン評』（一八六六〜六八年、一八七二〜八一年、一八九六年）、『新論戦』（一八九七年）、『前進する真実』（一九〇一年）も挙げておく必要がある。

デカーヴ、リュシアン（Lucien Descaves, 一八六一〜一九四九年）。「五人の宣言」執筆者の一人。ユイスマンスの友人で、遺言執行人を請け負った。最初の作品はほとんど成功しなかった（『エロイーズ・パジャドゥの受難』一八八二年、『古雌鼠』一八八三年、『性悪女』一八八六年、『サーベルの悲惨』一八八七年）が、一八九〇年、『下士』（一八八九年）に対する裁判で有名となる。軍隊経験をもとにして書かれたもの。多様な作品の書き手（『閉じ込められた者たち』一八九四年、『円柱』一九〇一年、『老兵フィレモン』一九一三年）、一九〇〇年からアカデミー・ゴンクール会員。

デプレ、ルイ（Louis Desprez, 一八六一〜八五年）。自然主義についての最も聡明な理論家の一人（『自然主義の進化』一八八四年）。アンリ・フェーヴル（Henry Fèvre, 一八六四〜一九三七年）との共著『鐘楼のほとりで』（一八八四年）が理由で風俗壊乱の罪に問われ有罪に。出所後程なくして死去。

ドーデ、アルフォンス（Alphonse Daudet, 一八四〇〜九七年）。『プチ・ショーズ』（一八六八年）は別にして、短編作家、ユーモア作家としての作品がこんにちとくに好まれている。『風車小屋だより』（一八六九年）、『月曜物語』（一八七三年）、有名なタラスコンのタルタランの『驚くべき冒険』（一八七二年、一八八五年と一八九〇年に続編）。だが長編小説も忘れるべきでなく、いくつかは十九世紀に大成功を収めている。『若いフロモンと兄リスレル』（一八七四年）、『ジャック』（一八七六年）、『ナバブ』（一八七七年）、『亡命の諸王』（一八七九年）、『ニュマ・ルメスタン』（一八八一年）、『福音伝道師』（一八八三年）、『サフォー』（一八八四年）、『不滅の人』（一八八八年）、『小教区』（一八九五年）、『大黒柱』（一八九八年）。

ブエリエ、サン＝ジョルジュ・ド・（ステファヌ・ジョルジュ・ド・ブエリエ＝ルペルチエ）（Saint-Georges de Bouhélier [Stéphane Georges de Bouhélier-Lepelletier], 一八七六～一九四七年）。ナチュリスム運動の唱導者。多くの詩作品を残し、抒情的であると同時に叙事的で、生命力の神秘と美とを歌いあげた（『冒険者、詩人、王侯と職人の英雄的生涯』一八九五年、『エグレ、あるいは田舎の演奏会』一八九七年、『燃ゆる生の歌』一九〇二年……）。小説作品（『リュシー、身を持ち崩した罪ある娘の物語』一九〇二年、『ジュリア、あるいは恋愛関係』一九〇三年）や戯曲（とりわけ『子供たちの謝肉祭』一九一〇年）も挙げておく必要がある。

フロベール、ギュスターヴ（Gustave Flaubert, 一八二一～八〇年）。彼の作品は厳密に「自然主義」に括られるものではないが、少なくとも彼がもたらした精神的・知的影響によって、自然主義の歴史の中に位置を占めている。さらにゾラ、ゴンクール、モーパッサンらとの友好関係があった。『ボヴァリー夫人』（一八五七年）、『サランボー』（一八六二年）、『感情教育』（一八六九年）、『聖アントワーヌの誘惑』（一八七四年）、『三つの物語』（一八七七年）、『ブヴァールとペキュシェ』（一八八一年）。

ベック、アンリ（Henry Becque, 一八三七〜九九年）。何らかの文学運動と結びつけられることをたえず拒んだが、彼の演劇の試みは自然主義の経験と結びあう。初期の作品（『放蕩児』一八六八年、『ミシェル・ポペール』一八七〇年、『誘拐』一八七一年）も、成熟期のもの（『鴉の群』一八八二年、コメディ＝フランセーズで上演、『パリの女』一八八五年、ルネサンス座で上演）も公衆の内に成功を得ることはできなかった。しかし、スクリーブ伝来の作劇術にもたらした革新は、彼を十九世紀末の偉大な劇作家とするに足りるものである。

ボンヌタン、ポール（Paul Bonnetain, 一八五八〜九九年）。「五人の宣言」（一八八七年）の先導者。一八九九年にラオスで早世。オナニスムの「生理学的」研究『シャルロは楽しむ』（一八八三年）はスキャンダルを呼び、一八八四年に訴訟を招いた。いくつかの戯曲の他に、軍隊経験と東洋滞在の影響の濃い作品を残した。長編小説（『阿片』一八八六年、『海上』一八八七年、『通称ペルー』一八八八年）、短編集（『ある兵士の世界一周』一八八二年、『船中の女』一八八三年、『兵舎の周りで』一八八四年、『弾薬入れの子供たち』一八八七年、『マルスアンとマチュラン』一八八八年）、およびインドシナ（『トンキンにて』一八八四年）やアフリカ（『奥地にて　スーダンの印象』一八九五年）についてのルポルタージュがある。

マルグリット、ポール（Paul Margueritte, 一八六〇〜一九一八年）。「五人の宣言」の署名者の一人。作品として挙げられるのは『全部で四人』（一八八五年）、『パスカル・ジェフォッス』（一八八七年）、『恋人たち』（一八九〇年）、『物の力』（一八九一年）……。一八九六年から、弟ヴィクトル（Victor, 一八六六〜一九四二年）と共同で小説を発表する。とりわけ『ある時代』連作は一八七〇年から一八七一年の事件を扱っている。すなわち、『敗北』（一八九八年）、『剣の破片』（一九〇一年）、『善良な者たち』（一九〇一年）、『コミューン』（一九〇四年）。彼は何巻にも及ぶ『回想録』を残した。『我が父』（一八八四年）、『砂上の足跡』（一九〇六年）、『日々は続く』（一九〇八年）、『激動の春』（一九二五年）。

ミルボー、オクターヴ（Octave Mirbeau, 一八四八〜一九一七年）。ジャーナリスト、たくましい論争家で、遅れて文学に参入し、自伝的小説を執筆した（『受難』一八八六年、『ジュール神父』一八八八年、『セバスチャン・ロック』一八九〇年）。次に、社会的レアリスム（『小間使の日記』一九〇〇年）や想像の世界（『責苦の庭』一八九九年）、ユーモア（『神経衰弱患者の二十一日』一九〇一年）に乗り出し、論争を生むような作品を追及した。いくつかの戯曲（とりわけ『悪しき牧者』一八九七年、『事業は事業』一九〇三年）がある。

モーパッサン、ギ・ド（Guy de Maupassant, 一八五〇〜九三年）。短編小説で有名。一五の短編集を数える。『メゾン・テリエ』（一八八一年）、『マドモワゼル・フィフィ』（一八八二年）、『山鴫物語』、『月光』（一八八三年）、『ミス・ハリエット』、『ロンドリ姉妹』、『イヴェット』（一八八四年）、『昼夜物語』、『パラン氏』（一八八五年）、『トワーヌ』、『ロックの娘』（一八八六年）、『オルラ』（一八八七年）、『ユッソン夫人ご推薦の受賞者』（一八八八年）、『左手』（一八八九年）、『あだ花』（一八九〇年）。だが長編も無視するわけにはいかない。『女の一生』（一八八三年）、『ベラミ』（一八八五年）、『モントリオル』（一八八七年）、『ピエールとジャン』（一八八八年）、『死の如く強し』（一八八九年）、『我らの心』（一八九〇年）。

モンフォール、ウージェーヌ（Eugène Montfort, 一八七七〜一九三六年）。ナチュリストであり、サン＝ジョルジュ・ド・ブエリエやモーリス・ル・ブロンの仲間。詩人（『シルヴィ』一八九六年、『肉体』一八九八年）と同時に多作の小説家であり、多くの旅行記も執筆した。

ユイスマンス、ジョリス＝カルル（Joris-Karl Huysmans, 一八四八〜一九〇七年）。モーパッサンとともに、『メダンの夕べ』世代の最も重要な作家。一八九二年以降カトリックに転向した。アカデミー・ゴンクールの初代会長（一九〇三〜〇七年）。その精神的進化にもかかわらず、彼の作品全体の深いところでの統一性を強調する必要がある。『マルト』（一八七六年）、『ヴァタール姉妹』（一八七九年）、『家庭』（一八八一年）、『流れのままに』（一八八二年）、『さかしま』（一八八四年）、『仮泊』（一八八七年）、『彼方』（一八九一年）、『出発』（一八九五年）、『大伽藍』（一八九八年）、『修練士』（一九〇三年）。芸術批評に『現代芸術』（一八八三年）、『ある人びと』（一八八九年）、『三人のプリミティフ派画家』（一九〇四年）。

ルナール、ジュール（Jules Renard, 一八六四～一九一〇年）。アルベール・サマン、エルネスト・レーノーとともに『メルキュール・ド・フランス』誌を創刊（一八八九年）。優しいと同時に皮肉な世界観は『ねなしかずら』（一八九二年）、『にんじん』（一八九四年）、『博物誌』（一八九六年）、あるいは一八八七年から一九一〇年まで書かれた『日記』（一九二五～二七年に出版）に表明されている。一九〇七年アカデミー・ゴンクール会員選出。

ル・ブロン、モーリス（Maurice Le Blond, 一八七七～一九四四年）。ナチュリスムの理論家であり推進者（『ナチュリスム試論』一八九七年）。一九〇八年、ドニーズ・エミール＝ゾラと結婚、批評作品の大部分をゾラの記憶の擁護と顕彰に割いた。一九二七年から一九二九年にゾラの『全集』を編纂（ベルヌアール書店）。

ロニー、J・H（ジョゼフ・アンリ・ボエックス、通称ロニー兄）（J. H. Rosny [Joseph Henri Boex, dit Rosny aîné, 一八五六～一九四〇年）。「五人の宣言」署名者の一人。最初の作品（『ネル・ホーン』一八八六年、『両面』一八八七年、『白蟻』一八九〇年）の後、一八八八年から一九〇八年のあいだ、弟（Rosny jeune, 一八五九～一九四八年）と共作を行なう。後に一人での著述に戻った。豊富な作品の中には社会小説（『マルト・バラカン』一九〇八年、『赤い波』一九〇九年）や感傷的作品（『純粋な者と不純な者』一九二一年、『ユダヤ女』一九二三年）

がある。また一連の先史時代小説（『火の戦争』一九一一年、『巨大猫』一九二〇年、『青い河のエルグヴォール』一九三〇年）や、ＳＦに属する作品（『大地の死』一九一二年、『無限の航海者』一九二七年）がある。一九二六年、アカデミー・ゴンクール会長に選任され、一九四〇年に亡くなるまで務めた。

訳者あとがき

本書はAlain Pagès, *Le naturalisme*,（Coll.« Que sais-je ? », n° 604, PUF, Paris, 1989, 3ᵉ édition mise à jour, 2001）の全訳である。二〇〇一年の第三版を底本にしている。

文庫クセジュにはかつてピエール・コニー著『自然主義』Pierre Cogny, *Le naturalisme*, Coll. «Que sais-je ?», PUF, Paris, 1953（翻訳は河盛好蔵・花輪光、一九五七年）が収められていたが、本書はその改訂版として執筆されたもので、したがって番号も元の六〇四番を踏襲している。原著の冒頭にはコニーへの献辞が掲げられている。なお邦題は旧版との重複を避け、また内容を明確にするために『フランス自然主義文学』とした。

著者アラン・パジェス（一九五〇年生まれ）はエミール・ゾラをはじめとした自然主義文学の専門家、とくにゾラとドレフュス事件に関する研究で知られている。二〇一三年春現在、パリ第三大学教授として教鞭を執る一方、本書で紹介されている『カイエ・ナチュラリスト（自然主義研究誌）』の編集長を務めている。多数の著書の他に、ゾラの全集や書簡集の編纂にも携わっている。

エミール・ゾラが主張した新しい文学理念としての「自然主義」の語は、ゾラ自身によるジャーナリズムの場での積極果敢な宣伝と、その主張を実践する力強い小説作品によって、当時の文学界に広く浸透していく。一八七〇年代以降、自然主義を信奉する文学青年たちがゾラの周りに集まってくる一方、保守的な批評家は彼らの作品を「腐敗した文学」だと批判した。十九世紀の終りの三分の一の期間、文学の世界をまさしく自然主義が席巻したといっていいだろう。とりわけ小説、そして演劇の領域においてその影響は甚大であった。

自然主義の語はこうして広く普及・拡散したがゆえに、こんにち、その用語を的確に定義することはかえって難しい。その困難については「結論」に著者自身が具体的に述べているが、重要なのは、自然主義の概念は決してゾラ（あるいはモーパッサンやユイスマンス）の作品にのみ適用されるものではなく（そもそも、この三人の作品にさえぴったりと当てはまりはしない）、一時代の文学のあり方全体に広くかかわるものだという視点である。言い換えれば、十九世紀後半のフランス社会の「知」のありようが直接／間接的に文学表現に翻訳されたものに、（いささか便宜的に）自然主義の一語が当てられていると考えるべきであろう。そしてその「知」を形成するのは当時の実証主義の思想であり、科学や医学の発展と普及であった。

著者アラン・パジェスは、このように広い意味で自然主義を捉え、その内実を明確にすることを試みている。二十世紀後半に発展した文学研究の多様な成果を視野に収め、多角的な視点から「文学場」を探索することが問題となっているが、その際に著者が採用する基本的な枠組みは、グループと世代の二つである。

古典的な文学史は作家個人の伝記的記述に重きを置いていたのに対し、本書の中心をなすのは集合・離散を繰り返す文学グループだ。実際、十九世紀の作家や芸術家はしばしば集団を形成することで、新しい時代の到来を世に告げ知らせたのだった。一つの時代に生きる同世代の作家たちは、同じような履歴を経て、共通の関心を持ち、似通った理想を抱く。彼らを結ぶ共通点は、その時代の知のありようや世界観である。そしてそれを表現するための「方法」でもあるだろう。もちろんいつの時代にも、芸術家にとって重要なのは個性であり独自性であるに違いない。しかし、それぞれの作家に密着するだけでは見えてこないものも確かに存在する。

そして一つの世代から次の世代へとバトンが手渡されていく中で、思考や方法は変化を遂げていく。かくして、フロベール、ゴンクール兄弟、ドーデ、ゾラという「大家」たちの開いた道を、モーパッサン、ユイスマンス等の『メダンの夕べ』世代がさらに押し広げていくが、次の「五人の宣言」の世代では先人への敬愛と反発の念が激しく交錯する。世紀転換期には自然主義への反発からおもに詩の分野に象徴主義の運動が広がるが、それに飽き足らない新しい世代が今度は「ナチュリスム（本然主義）」を唱え出す。それは自然主義への回帰の一つの現われであったが、自然主義そのものではもはやない……。このように著者は、十九世紀後半を生きた作家たちを四つの世代に区別することで、自然主義という文学運動の成立から消滅までの過程を、歴史的・社会的な観点から描きだしている。従来取りあげられることの少なかった「五人の宣言」や「ナチュリスム」の、いわば自然主義第三・第四世代の作家たちに多くの頁が割かれているのも、本書の特色の一つである。

確かに著者自身も述べているように、ここに取りあげられた作家の多くは、こんにち、フランスにおいても忘れられて久しい。日本には一度もきちんと紹介されることのなかった作家も少なくない。しかしパジェスの記述を通して、連綿と続く創作の営みの実態（の一例）をここに読みとることができるだろう。芸術家もまた時代の子であり、今、この場において思索し、制作する者である。その時、先人の営み、同時代人の試み、やがては後進による受容が、当の芸術家にもたえず意識されるに違いない。時代との関わりが芸術家を規定し、だからこそ芸術は時代の表現となりうる。必ずしもフランス自然主義の時代に限定せずに、芸術創造を広い観点から捉える方法を、本書に読みとっていただければ嬉しい。

また、著者が述べているように、自然主義は決して過去の遺物となってしまったものではない。確かに、十九世紀後半の自然主義は科学的・客観的であろうという目的意識を明確に持っていた点で、時代の思潮を直接的に反映している。しかし、この時代に完成された小説制作の概念や技法は、こんにちの多くの小説にも受け継がれているし、時代考証や「本当らしい」演技が要求される映画やテレビのドラマにおいても、自然主義の理念は息づいているだろう。

今のこの社会はどのようなものであるのか。それを理解したいと思う時、人は多かれ少なかれ「自然主義」者になる。この語が決して使い古されて無効になったものではないことを、一人でも多くの方にご理解いただければと願っている。

なお、とくにゾラに関しては、本コレクションにアンリ・ミットラン『ゾラと自然主義』（佐藤正年訳）が収録されている。ミットランは狭義の「自然主義」に捕われずに、ゾラの小説世界の奥深い魅力を語っている。

翻訳にあたっては、著者自身の意向に基づいて原文にいくつか修正を加えた。また巻末の参考文献は、原著の刊行から時間が経ち、出版事情が変化したのを考慮して、著者と協議の上で訳者が新たに作成したものである。邦訳の存在するものは記し、読者の便宜を考慮して、別に翻訳者作成の日本語の参考文献を挙げた。ただし、いずれも決して網羅的なものではないことをお断りしておく。訳者の質問に丁寧にご返事をくださったアラン・パジェス氏にこの場を借りて御礼を述べたい。本書をきっかけに自然主義文学の世界へ一歩足を踏み入れてくださる方があれば、訳者としてそれに勝る喜びはない。

本文の理解の助けになるように、おもに固有名詞について最小限の訳注を加えたが、（映画監督名など）本旨を越えていると判断して割愛したものもある。作品名は既訳のあるものは原則的にこれに倣った。本文中の引用に関しては、可能な限り既訳を参照したが、いずれも新たに訳しており、文責はすべて訳者にある。先達の仕事に感謝の意を表するとともに、浅学非才ゆえ至らぬ点があるかもしれず、読者のご教示をお願いしたい。

最後になるが、出版に際してお力添えくださった神戸大学の中畑寛之氏、原著の刊行からいささか時間の経った本作の出版を快く引き受けていただいた白水社、そして編集を担当してくださった浦田滋子さんにはとくに御礼を申しあげる。

二〇一三年四月

足立和彦

参考文献

I. 主要な作品集

Daudet, Alphonse, *Œuvres complètes illustrées*, Paris, Librairie de France, 20 tomes, 1929-1931.

– *Œuvres*, éd. Roger Ripoll, Paris, Gallimard, coll. Bibliothèque de la Pléiade, 3 tomes, 1986-1994.

Flaubert, Gustave, *Œuvres*, éd. Albert Thibaudet et René Dumesnil, Paris, Gallimard, coll. Bibliothèque de la Pléiade, 2 tomes, 1951, 1952.

– *Œuvres complètes*, éd. Maurice Bardèche, Paris, Club de l'honnête homme, 16 tomes, 1971-1975.

– *Œuvres de jeunesse*, éd. Claudine Gothot-Mersch et Guy Sagnes, Paris, Gallimard, coll. Bibliothèque de la Pléiade, 2001.

– *Carnets de travail*, éd. Pierre-Marc de Biasi, Paris, Balland, 1988.

Goncourt, Édmond et Jules de, *Œuvres complètes*, Paris, Slatkine Reprints, 45 tomes, 1985-1986.

– *Journal (1851-1896)*, éd. Robert Ricatte, Paris, Robert Laffont, coll. Bouquins, 3 tomes, 1989.

Huysmans, Joris-Karl, *Œuvres complètes*, dir. Lucien Descaves, Paris, G. Clès, 23 tomes, 1928-1934.

Maupassant, Guy de, *Contes et nouvelles*, éd. Louis Forestier, Paris, Gallimard, coll. Bibliothèque de la Pléiade, 2 tomes, 1974, 1979.

– *Romans*, éd. Louis Forestier, Paris, Gallimard, coll. Bibliothèque de la Pléiade, 1987.

Mirbeau, Octave, *Œuvre romanesque*, éd. Pierre Michel, Paris, Buchet / Chastel, 3 tomes, 2000-2001.

Renard, Jules, *Œuvres complètes*, Paris, François Bernouard, 17 tomes, 1925-1927.

– *Œuvres*, éd. Léon Guichard, Paris, Gallimard, coll. Bibliothèque de la Pléiade, 2 tomes, 1970, 1971.

– *Journal*, éd. Léon Guichard, Paris, Gallimard, coll. Bibliothèque de la Pléiade, 1965.

Vallès, Jules, *Œuvres*, éd. Roger Bellet, Paris, Gallimard, coll. Bibliothèque de la Pléiade, 2 tomes, 1975, 1990.

Zola, Émile, *Les Rougon-Macquart*, dir. Armand Lanoux, Paris, Gallimard, coll. Bibliothèque de la Pléiade, 5 tomes, 1960-1967.

– *Œuvres complètes*, dir. Henri Mitterand, Paris, Cercle du Livre précieux, 15 tomes, 1966-1970.

– *Œuvres complètes*, dir. Henri Mitterand, Paris, Nouveau Monde Éditions, 21

tomes, 2002-2010.
– *Carnets d'enquêtes*, éd. Henri Mitterand, Paris, Plon, coll. Terre humaine, 1986.
Les Soirées de Médan, Paris, Bernard Grasset, coll. Les Cahiers Rouges, 1991.

こんにち、フランス国立図書館のサイトGallica (http://gallica.bnf.fr/) において、いわゆる「小」自然主義者たちの作品の公開が進んでいる。アレクシス、エニック、ボンヌタン、ギッシュ、アダン、アジャルベール、デカーヴ等の作品を電子テクストで読むことが可能である。

II. 批評研究

自然主義運動の歴史と美学

Baguley, David, *Le Naturalisme et ses genres*, Paris, Nathan, coll. Le Texte à l'œuvre, 1995.
Becker, Colette, *Lire le réalisme et le naturalisme*, Paris, Dunod, coll. Lettres sup, 1998.
Becker, Colette et Dufief, Anne-Simone (éd.), *Relecture des « petits » naturalistes*, Paris, Université Paris X, coll. Ritm, 2000.
Beuchat, Charles, *Histoire du naturalisme français*, Paris, Éd. Corrêa, 2 tomes, 1949.
Charle, Christophe, *La Crise littéraire à l'époque du naturalisme. Roman, théâtre et politique*, Paris, PENS, 1979.
Chevrel, Yves, *Le Naturalisme. Études d'un mouvement littéraire international*, Paris, PUF, 1993.
– (éd.) *Le Naturalisme dans les littératures de langues européennes*, Nantes, Université de Nantes, 1983.
– (éd.) *Le Naturalisme en question*, Paris, Presses de l'Université de Paris-Sorbonne, 1986.
Cogny, Pierre, *Le Naturalisme*, Paris, PUF, coll. Que sais-je ?, 1953. ピエール・コニー『自然主義』（河盛好蔵／花輪光訳），白水社，文庫クセジュ，1957年.
– (éd.), *Le Naturalisme. Colloque de Cerisy*, Paris, UGE, coll. 10 / 18, 1978.
Colin, René-Pierre, *Zola, renégats et alliés. La République naturaliste*, Lyon, PUL, 1988.
– *Tranches de vie. Zola et le coup de force naturaliste*, Tusson, Du Lérot, 1991.
Deffoux, Léon et Zavie, Émile, *Le Groupe de Médan*, Paris, G. Crès, 1924.
Dubois, Jacques, *Romanciers français de l'instantané au XIX*e *siècle*, Bruxelles, Palais des Académies, 1963.
– *L'Institution de la littérature. Introduction à une sociologie*, Paris, Nathan / Bruxelles, Éd. Labor, 1978.
– *Les Romanciers du réel. De Balzac à Simenon*, Paris, Éd. du Seuil, coll. Points, 2000. ジャック・デュボア『現実を語る小説家たち　バルザックからシムノンまで』（鈴木智之訳），法政大学出版局，2005年.

Dufour, Philippe, *Le Réalisme*, Paris, PUF, coll. Premier Cycle, 1998.
Dumesnil, René, *La Publication des « Soirées de Médan »*, Paris, Edgar Malfère, 1933.
– *L'Époque réaliste et naturaliste*, Paris, Tallandier, 1945.
– *Le Réalisme et le naturalisme*, Paris, Del Duca, 1955.
Gengembre, Gérard, *Réalisme et naturalisme*, Paris, Éd. du Seuil, coll. Mémo, 1997.
Hamon, Philippe, *Du descriptif*, Paris, Hachette, 1981.
– *Texte et idéologie*, Paris, PUF, coll. Écriture, 1984 (coll. Quadrige, 1997).
– *La Description littéraire*, Paris, Macula, 1991.
– *Imageries. Littérature et image au XIXe siècle*, Paris, José Corti, 2001 (édition revue, 2007).
Huret, Jules, *Enquête sur l'évolution littéraire* (1891), Paris, José Corti, 1999 (rééd.).
Martino, Pierre, *Le Naturalisme français,* (1870-1895), Paris, Armand Colin, 1923 (7e édition revue et complétée par Robert Ricatte, 1965). ピエール・マルチノー『フランス自然主義』（尾崎和郎訳），朝日出版社，1968年.
Lukács, Georg, *Balzac et le réalisme français*, Paris, F. Maspero, 1969. ルカーチ『バルザックとフランス・リアリズム』（男沢淳／針生一郎一訳），岩波書店，1955年.
– *Problèmes du réalisme*, Paris, L'Arche, 1975. 『リアリズム論』（佐々木甚一他訳），白水社，「ルカーチ著作集」8，1987年.
Mitterand, Henri, *Le Discours du roman*, Paris, PUF, coll. Écriture, 1980.
– *Le Regard et le signe. Poétique du roman réaliste et naturaliste*, Paris, PUF, coll. Écriture, 1987.
– *L'Illusion réaliste*, Paris, PUF, coll. Écriture, 1994.
Pagès, Alain, *La Bataille littéraire. Essai sur la réception du naturalisme à l'époque de « Germinal »*, Paris, Séguier, 1989.
Rincé, Dominique, *La Littérature française du XIXe siècle*, Paris, PUF, coll. Que sais-je ?, 1978. ドミニック・ランセ『十九世紀フランス文学の展望』（加藤民男訳），白水社，文庫クセジュ，1980年.
Saulnier, Verdun-Louis, *La Littérature française du siècle romantique*, Paris, PUF, coll. Que sais-je ?, 1945 (10e édition, 1972) ヴェルダン＝ルイ・ソーニエ『十九世紀フランス文学』（篠田浩一郎／渋沢孝輔訳），白水社，文庫クセジュ，1958年.
Thorel-Cailleteau, Sylvie, *La Tentation du livre sur rien. Naturalisme et Décadence*, Mont-de-Marsan, Éditions InterUniversitaires, 1994.
– *Réalisme et Naturalisme*, Paris, Hachette, coll. Les Fondamentaux, 1998.
Zieger, Karl et Fergombé Amos (éd.), *Théâtre naturaliste. Théâtre moderne ? (Recherches Valenciennes, n° 6)*, Presses universitaires de Valenciennes, , 2001.

個別の作家研究

Baldick, Robert, *La Vie de J.-K. Huysmans [The Life of J.-K. Huysmans*, 1955], traduit de l'anglais par Marcel Thomas, Paris, Denoël, 1958. ロバート・バルディック『ユイスマンス伝』（岡谷公二訳），学習研究社，1996年.

Becker, Colette (éd.), *Permanence d'Alphonse Daudet* ?, Paris, Université Paris X, coll. Ritm, 1997.

Bellet Roger, *Jules Vallès journalisme & révolution, 1857-1885*, Tusson, Du Lérot, 2 tomes, 1987, 1989.

Bonnefis Philippe, *Comme Maupassant*, Lille, PUL, 1981 (3e édition, 1993).

– *Du bon usage de la lame et de l'aiguille (Jules Vallès)*, Lausanne, L'Âge d'homme, 1983.

– *L'Innommable. Essai sur l'œuvre d'Émile Zola*, Paris, SEDES, 1984.

Borie, Jean, *Zola et les mythes, ou de la nausée au salut*, Paris, Éd. du Seuil, coll. Pierres vives, 1971 (Le Livre de Poche, 2003).

– *Le Tyran timide. Le naturalisme de la femme au XIXe siècle*, Paris, Klincksieck, 1973.

– *Le Célibataire français*, Paris, Éd. du Sagittaire, 1976 (Le Livre de Poche, 2002).

– *Huysmans. Le diable, le célibataire et Dieu*, Paris, Bernard Grasset, 1992.

Bornecque, J.-H., *Les Années d'apprentissage d'Alphonse Daudet*, Paris, Nizet, 1951.

Brunel, Pierre et Guyaux, André (éd.), *Huysmans*, Paris, Les Cahiers de l'Herne, 1985.

Burns, Colin, *Henry Céard et le naturalisme*, Birmingham, John Goodman & Sons Ltd, 1982.

Bury, Mariane, *La Poétique de Maupassant*, Paris, SEDES , 1994.

Cabanès, Jean-Louis (éd.), *Les Frères Goncourt : art et écriture*, Bordeaux, Presses universitaires de Bordeaux, 1997.

Cabanès, Jean-Louis, Dufief, Pierre-Jean, Kopp, Robert et Mollier, Jean-Yves (éd.), *Les Goncourt dans leur siècle. Un siècle de « Goncourt »*, Villeneuve d'Ascq, Presses universitaires du Septentrion, 2005.

Castella, Charles, *Structures romanesques et vision sociale chez Guy de Maupassant*, Lausanne, L'Âge d'homme, 1972.

Cogny, Pierre, *J. -K.Huysmans à la recherche de l'unité*, Paris, Nizet, 1953.

– *Le « Huysmans intime » de Henry Céard et Jean de Caldain*, Paris, Nizet, 1957.

– *Maupassant l'homme sans Dieu*, Bruxelles, La Renaissance du Livre, 1968.

– *J.-K. Huysmans. De l'écriture à l'Écriture*, Paris, Téqui, 1987.

Colin, René-Pierre, *Schopenhauer en France. Un mythe naturaliste*, Lyon, PUL, 1979.

Colin, René-Pierre et Nivet, Jean-François, *Louis Desprez (1861-1885). Pour la liberté d'écrire*, Tusson, Du Lérot, 1992.

Crouzet, Michel, *Un méconnu du réalisme : Duranty (1833-1880)*, Paris, Nizet,

1964.
Dezalay, Auguste, *L'Opéra des Rougon-Macquart. Essai de rythmologie romanesque*, Paris, Klincksieck, 1983.
Dufief, Anne-Simone, *Alphonse Daudet romancier*, Paris, Honoré Champion, 1997.
Hamon, Philippe, *Le Personnel du roman. Le système des personnages dans « Les Rougon-Macquart » d'Émile Zola*, Genève, Droz, 1983 (coll. Titre courant, 1998).
Jannini, Pasquale Aniel et Zoppi, Sergio (éd.), *Naturisme. Naturismo*, Rome, Bulzoni / Paris, Nizet, 1981.
Johnston, Marlo, *Guy de Maupassant*, Paris, Fayard, 2012.
Lanoux, Armand, *Maupassant le Be-Ami*, Paris, Fayard, 1967 (nouvelle édition revue, Paris, Bernard Grasset, 1979). アルマン・ラヌー『モーパッサンの生涯』（河盛好蔵／大島利治訳），新潮社，1973年.
Lattre, Alain de, *Le Réalismse selon Zola. Archéologie d'une intelligence*, Paris, PUF, 1975.
Michel, Pierre et Nivet, Jean-François, *Octave Mirbeau l'imprécateur au cœur fidèle. Biographie*, Paris, Séguier, 1990.
Mitterand, Henri, *Zola et le naturalisme*, Paris, PUF, coll. Que sais-je ?, 1986. アンリ・ミットラン『ゾラと自然主義』（佐藤正年訳），白水社，文庫クセジュ，1999年.
Mouchard, Claude et Neefs, Jacques, *Flaubert*, Paris, Balland, 1986.
Pagès, Alain, *Émile Zola, un intellectuel dans l'affaire Dreyfus*, Paris, Séguier, 1991.
– *Émile Zola. Bilan critique*, Paris, Nathan, coll. 128, 1993.
– *Une journée dans l'affaire Dreyfus. « J'accuse », 13 janvier 1898*, Paris, Perrin, coll. Tempus, 2010.
– Émile Zola. *Le Mythe de Médan*, Paris, Perrin, 2013.
Pagès, Alain et Morgan, Owen, *Guide Émile Zola*, Paris, Ellipses, 2002.
Pierre-Gnassounou, Chantal, *Zola, les fortunes de la fiction*, Paris, Nathan, coll. Le Texte à l'œuvre, 1999.
Pruner, Francis, *Les Luttes d'Antoine au Théâtre libre*, Paris, Minard, Lettres modernes, 2 tomes, 1964, 2007.
Ricatte, Robert, *La Création romanesque chez les Goncourt. 1851-1870*, Paris, Armand Colin, 1953.
Robert, Guy, *« La Terre » d'Émile Zola (étude historique et critique)*, Paris, Les Belles Lettres, 1952.
Seillan, Jean-Marie, *Huysmans : politique et religion*, Paris, Éditions Classiques Garnier, 2009.
Serres, Michel, *Feux et signaux de brume. Zola*, Paris, Bernard Grasset, 1975. ミッシェル・セール『火、そして霧の中の信号―ゾラ』（寺田光徳訳），法政大学出版局，1988年.
Thibaudet, Albert, *Gustave Flaubert*, Paris, Gallimard, 1935. アルベール・チボーデ『ギュスターヴ・フロベール』（戸田吉信訳），法政大学出版局，2001年.

Tillier, Bertrand, *Cochon de Zola ! Ou les infortunes caricaturales d'un écrivain engagé*, Biarritz, Séguier, 1998.
Vial, André, *Guy de Maupassant et l'art du roman*, Paris, Nizet, 1954.
Vouilloux, Bernard, *L'Art des Goncourt. Une esthétique du style*, Paris, L'Harmattan, 1997.

主な現代の研究誌

Les Cahiers naturalistes, édités par la « Société littéraire des Amis d'Émile Zola » depuis 1955.
自然主義作家について次の特集号がある. Paul Alexis (nº 61, 1987), Henry Céard (nº 68, 1994), J.-H. Rosny (nº 70, 1996), Léon Hennique (nº 71, 1997), Lucien Descaves (nº 84, 2010), Paul Bonnetain (nº 85, 2011).
Les Cahiers Octave Mirbeau, édités par la « Société Octave Mirbeau » depuis 1994.
Les Cahiers Edmond et Jules de Goncourt, édités par la « Société des Amis des Frèrs Goncourt » depuis 1992.
Le Bulletin Flaubert-Maupassant, édité par les « Amis de Flaubert et de Maupassant » depuis 1993.
Les Amis de Jules Vallès. Revue de lectures et d'études vallèsiennes, depuis 1982.
Revue Flaubert, depuis 2001 (revue en ligne : http://flaubert.univ-rouen.fr/revue/)

邦語参考文献
（訳者による）

I　文学作品（主なもの）

・全集・選集

『フローベール全集』（全10巻＋別巻），筑摩書房，1998年.

『ゾラ・セレクション』（全11巻＋別巻）（宮下志朗／小倉孝誠編），藤原書店，2002年〜

『ルーゴン＝マッカール叢書』（小田光雄／伊藤桂子訳），論創社，2003年〜

『モーパッサン全集』（全3巻），春陽堂，1965-1966年.

『ジュール・ルナール全集』（全16巻）（柏木隆雄／住谷裕文編），臨川書店，1994-1999年.

・個別の作品（前記4作家の各文庫収録作品を除く）

ゴンクウル兄弟『ジェルミニィ・ラセルトゥ』（大西克和訳），岩波文庫，1950年.

『ゴンクールの日記』（上下巻）（斎藤一郎編訳），岩波文庫，2010年.

『ゴンクール兄弟の見た18世紀の女性』（鈴木豊訳），平凡社，1994年.

ドーデー『風車小屋だより』（桜田佐訳），岩波文庫，1932年（1958年改版）.

――『陽気なタルタラン』（小川泰一訳），岩波文庫，1933年.

――『月曜物語』（桜田佐訳），岩波文庫，1936年（1959年改版）.

ドーデ『サフォ―パリ風俗―』（朝倉季雄訳），岩波文庫，1951年.

――『プチ・ショーズ　ある少年の物語』（原千代海訳），岩波文庫，1957年.

ゾラ『パリ』（上下巻）（竹中のぞみ訳），白水社，2010年.

ユイスマンス『さかしま』（澁澤龍彦訳），河出文庫，2002年.

――『彼方』（田辺貞之助訳），創元推理文庫，1975年.

――『大伽藍―神秘と崇厳の聖堂讃歌』（出口裕弘訳），平凡社ライブラリー，1995年.

――『三つの教会と三人のプリミティフ派画家』（田辺保訳），国書刊行会，2005年.

ミルボー『小間使の日記』（上下巻）（山口年臣訳），角川文庫，1956年.

――『責苦の庭』（篠田知和基訳），国書刊行会，「フランス世紀末文学叢書」，1984年.

J・H・ロニー・エネ『人類創世』（長島良三訳），角川書店，カドカワノベルズ，1982年.

ヴァレス『子ども』（上下巻）（朝比奈弘治訳），岩波文庫，2012年.

『ジュール・ヴァレース』（谷長茂訳），中央公論社，「世界の文学」25，1965年（『パリ・コミューン』収録）.

II　研究書

・事典

『19世紀フランス文学事典』（古屋健三／小潟昭夫編），慶応義塾大学出版会，2000年.

『フランス文学小事典』（柏木隆雄他編），朝日出版社，2007年.

『フランス文学辞典』（日本フランス語フランス文学会編），白水社，1974年.

・個別研究

稲葉三千男『ドレフュス事件とエミール・ゾラ―1897年』，創風社，1996年.

――『ドレフュス事件とエミール・ゾラ　告発』，創風社，1999年.

大塚幸男『流星の人モーパッサン―生涯と芸術』，白水社，1974年.

大野英士『ユイスマンスとオカルティズム』，新評論，2010年.

小倉孝誠『「感情教育」歴史・パリ・恋愛』，みすず書房，「理想の教室」，2005年.

小倉孝誠／宮下志朗編『いま、なぜゾラか―ゾラ入門』，藤原書店，2002年.

――『ゾラの可能性―表象・科学・身体』，藤原書店，2005年.

尾崎和郎『若きジャーナリスト　エミール・ゾラ』，誠文堂新光社，1982年.

――『ゾラ』，清水書院，「人と思想」，1983年.

加賀山孝子『エミール・ゾラ断章』，早美出版社，2000年.

河内清『ゾラとフランス・レアリスム―自然主義形成の一考察』，東京大学出版会，1975年.

工藤庸子『恋愛小説のレトリック―「ボヴァリー夫人」を読む』，東京大学出版会，1998年.

清水正和『ゾラと世紀末』，国書刊行会，1992年.

滝沢寿『フランス・レアリスムの諸相―フローベールをめぐって』，駿河台出版社，2000年.

戸田吉信『ギュスターヴ・フロベール研究』，駿河台出版社，1983年.

松澤和宏『「ボヴァリー夫人」を読む―恋愛・金銭・デモクラシー』，岩波書店，2004年.

村松定史『モーパッサン』，清水書院，「人と思想」，1996年.

訳者略歴
足立和彦（あだち・かずひこ）
一九七六年生まれ。
大阪大学大学院博士後期課程単位修得退学。
パリ第四大学博士課程修了。
現在、大谷大学任期制助教。専攻はフランス自然主義、特にギ・ド・モーパッサン。
主要著書
『フランス文学小事典』（共著、朝日出版社、二〇〇七年）

フランス自然主義文学
二〇一三年五月一〇日 印刷
二〇一三年五月三〇日 発行
訳者 © 足立和彦
発行者 及川直志
印刷所 株式会社 平河工業社
発行所 株式会社 白水社
東京都千代田区神田小川町三の二四
電話 営業部〇三（三二九一）七八一一
編集部〇三（三二九一）七八二一
振替 〇〇一九〇—五—三三二二八
郵便番号 一〇一—〇〇五二
http://www.hakusuisha.co.jp
乱丁・落丁本は、送料小社負担にてお取り替えいたします。
製本：平河工業社
ISBN978-4-560-50980-7
Printed in Japan

文庫クセジュ

語学・文学

文庫クセジュ

自然科学

文庫クセジュ

哲学・心理学・宗教

13 実存主義
25 マルクス主義
114 プロテスタントの歴史
193 哲学入門
199 秘密結社
228 言語と思考
252 神秘主義
326 プラトン
342 ギリシアの神託
355 インドの哲学
362 ヨーロッパ中世の哲学
368 原始キリスト教
374 現象学
400 ユダヤ思想
415 新約聖書
417 デカルトと合理主義
444 旧約聖書
459 現代フランスの哲学
461 新しい児童心理学
468 構造主義
474 無神論
480 キリスト教図像学
487 ソクラテス以前の哲学
499 カント哲学
500 マルクス以後のマルクス主義
510 ギリシアの政治思想
519 発生的認識論
525 錬金術
535 占星術
542 ヘーゲル哲学
546 異端審問
558 伝説の国
576 キリスト教思想
592 秘儀伝授
594 ヨーガ
607 東方正教会
625 異端カタリ派
680 ドイツ哲学史
704 トマス哲学入門
708 死海写本
722 薔薇十字団
733 死後の世界
738 医の倫理
739 心霊主義
742 ベルクソン
749 ショーペンハウアー
751 ことばの心理学
754 パスカルの哲学
762 キルケゴール
763 エゾテリスム思想
764 認知神経心理学
768 ニーチェ
773 エピステモロジー
778 フリーメーソン
780 超心理学
789 ロシア・ソヴィエト哲学史
793 フランス宗教史
802 ミシェル・フーコー
807 ドイツ古典哲学

文庫クセジュ

文庫クセジュ

歴史・地理・民族(俗)学

62 ルネサンス
79 ナポレオン
133 十字軍
160 ラテン・アメリカ史
191 ルイ十四世
202 世界の農業地理
297 アフリカの民族と文化
309 パリ・コミューン
338 ロシア革命
351 ヨーロッパ文明史
382 海賊
412 アメリカの黒人
428 宗教戦争
491 アステカ文明
506 ヒトラーとナチズム
530 森林の歴史
536 アッチラとフン族
541 アメリカ合衆国の地理
566 ムッソリーニとファシズム
586 トルコ史
590 中世ヨーロッパの生活
597 ヒマラヤ
602 末期ローマ帝国
604 テンプル騎士団
610 インカ文明
615 ファシズム
636 メジチ家の世紀
648 マヤ文明
664 新しい地理学
665 イスパノアメリカの征服
684 ガリカニスム
689 言語の地理学
709 ドレーフュス事件
713 古代エジプト
719 フランスの民族学
724 バルト三国
731 スペイン史
732 フランス革命史
735 バスク人
743 スペイン内戦
747 ルーマニア史
752 オランダ史
760 ヨーロッパの民族学
766 ジャンヌ・ダルクの実像
767 ローマの古代都市
769 中国の外交
781 カルタゴ
782 カンボジア
790 ベルギー史
810 闘牛への招待
812 ポエニ戦争
813 ヴェルサイユの歴史
814 ハンガリー
816 コルシカ島
819 戦時下のアルザス・ロレーヌ
825 ヴェネツィア史
826 東南アジア史
827 スロヴェニア
828 クロアチア

文庫クセジュ

文庫クセジュ

社会科学